DREAMBOOKS★

DREAMBOOKS★

ORIENTAL FANTASY STORY & ADVENTURE

마
검
왕 25

魔劍王

dream
books
드림북스

# 마검왕 25 개미

초판 1쇄 인쇄 / 2015년 10월 6일
초판 1쇄 발행 / 2015년 10월 13일

지은이 / 나민채

발행인 / 오영배
책임편집 / 편집부
펴낸 곳 / (주)삼양출판사 · 드림북스

주소 / 서울시 강북구 도봉로 173
대표 전화 / 02-980-2112  팩스 / 02-983-0660
편집부 전화 / 02-980-2116  팩스 / 02-983-8201
블로그 / blog.naver.com/dreambookss

등록번호 / 제9-00046호
등록일자 / 1999년 3월 11일

ISBN 979-11-313-0436-5 (04810) / 978-89-542-3036-0 (세트)

* 지은이와 협의하에 인지는 생략합니다.
* 잘못된 책은 구입한 곳에서 바꾸어 드립니다.

이 도서의 국립중앙도서관 출판시도서목록(CIP)은 서지정보유통지원시스템홈페이지
(http://seoji.nl.go.kr)와 국가자료공동목록시스템(http://www.nl.go.kr/kolisnet)에서
이용하실 수 있습니다. (CIP제어번호: 2015026873)

魔劍王

마검왕

나민채 퓨전무협 장편소설
ORIENTAL FANTASY STORY & ADVENTURE

25

개미

dream books
드림북스

목차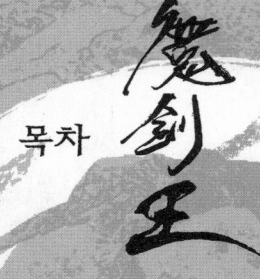

제1장

대모(代母)

　그 칠흑처럼 어두운 세상이 와락 쏟아져 들어오는데, 거기에서 드래곤의 거대한 발바닥이 덮쳐 올 때가 생각났다.

　밟히는 순간 압살(壓殺)되든, 감싸이는 순간 잡아먹히든.

　죽는 건 매한가지란 생각이 퍼뜩 미쳤다.

　쩍 벌려진 녀석의 아가리가 바로 눈앞에서 나타났고, 나도 양손을 뻗었다.

　기분 나쁜 촉감이 두 손 전체로 번졌다. 어떤 불쾌감이 인식되던 것도 잠깐, 이 간악한 녀석의 아가리가 실로 굉장한 힘으로 닫히려는 것이었다. 나는 먹히지 말아야 한다는 생각뿐이었다.

그때는 시야를 온통 가린 녀석의 아가리 안, 그 깊은 어둠만이 보였다.

어쩐지 저 깊은 구덩이 안에서 끔찍한 비명 소리를 들은 것 같다고 생각했다. 하지만 정작 내 입술 사이에서 나오는 소리였다.

"크……으……흐……."

나는 우는 것도 웃는 것도 아닌 소리를 흘리면서 두 손에 온 힘을 실었다.

두 팔 전체에 극렬(極烈)한 화염이 휘감아 돌다가 안으로 쭉 뻗쳤다. 그런데 녀석의 아가리 안 어둠 또한 만만치 않다.

화염이 무언가에 막혔다.

저 깊은 어둠 속으로 파고들지 못하고, 유리창에 부딪힌 달걀처럼 충격점을 주위로 확 퍼졌다.

그래도 하나만은 분명했다. 녀석이 나를 잡아먹기 위해 전력을 다하고 있지만, 내가 버티고 있다는 사실만은 말이다.

녀석의 힘에 의해서 아가리가 좀 더 닫혔다가, 내가 밀어내는 힘에 의해서 닫힌 만큼 다시 벌려졌다.

그렇게 수차례 반복됐다.

그동안 힘의 여파가 우리 주위의 지각(地殼)까지 미쳤다.

사막을 관장하는 신이 고통에 몸부림치듯, 지반이 치솟거나 내려앉아 버린다. 그럴 때마다 시선이 움직여, 잠깐 사막의 모습이 어둠을 비집고 들어온다. 모래들이 와르르 쏟아지다가도, 중력에 반(反)하여 솟구쳐 오른다.

지반 깊숙한 아래.

우리는 그 안에서도 계속 같았다.

녀석은 입을 닫기 위해, 나는 녀석의 입을 벌리기 위해 사자와 검투사처럼 힘을 겨뤘다.

그러다 두 눈 안으로 햇볕이 쏟아지는 순간이 왔다. 녀석이 신경질적으로 고개를 틀면서 나를 사막의 표면 밖으로 내던진 것이었다.

뜨거운 열기로 가득 찬 공기가 폐부 안으로 훅 들어오며 정신을 깨웠다.

상공으로 높게 치솟은 다음 시선을 내려트렸다.

아래.

황금빛 모래로만 아름드리 펼쳐졌던 인근이 협곡처럼 불규칙적으로 갈라져서, 사스스스…… 그 갈라진 틈 안으로 모래를 쏟고 있었다. 검게 그을린 전차들도 거기에 휩쓸려 금세 사라졌다.

녀석이 나를 잡아먹는다는 게 가능하단 말인가?

생각을 정리할 틈도 없이, 거대한 검은 형체 하나가 지반을 뚫고 나왔다.

그것이 녀석의 팔이라고 생각했던 것도 잠깐이었다. 거대한 크기가 동일한 검은 것들이 무리 지어서 꿈틀거렸다. 그것들이 일대를 휘저으며, 셀 수 없을 만큼의 소용돌이를 모래 위에 만들었다.

그것들 하나하나가 녀석의 머리카락이라는 것을 알아차렸을 때, 지반이 드러난 것 같이 보였던 전체가 확 들어졌다.

드래곤의 목덜미를 물었던 그 얼굴이다.

당시에 구름을 뚫고 내려왔던 거대한 얼굴이 나를 보며 기괴한 웃음을 지었다.

그러자 녀석의 얼굴 표면이 거대한 만큼, 모래 또한 절벽에서 곧장 쏟아져 내리는 물줄기같이 녀석의 얼굴 굴곡을 타고 흘러내렸다.

바로 이어서 녀석의 양어깨 또한 모래를 폭포처럼 쏟아내며 세상 밖으로 나왔다.

녀석은 아마도 웅크리고 있었던 것 같았다.

녀석이 몸을 쭉 폈다.

모래가 부산히 날리는 가운데, 거대한 신형이 지반을 뚫어 치솟았다. 녀석은 내가 위치한 상공까지 얼굴이 닿을 만큼 거대하게 변했다.

그러니까 녀석이 간악하다는 것이다. 녀석은 내가 무엇을 두려워하는지 알고 있었다. 그게 녀석이 몸을 키운 이유가 틀림없을 것이다.

녀석의 거대한 신형에 압도되었다는 것을 부정할 수 없게도, 드래곤이 나를 몇 번이나 죽였던 당시가 꾸준히 떠올랐다.

녀석이 그런 나를 비웃더니 입을 쩍 벌렸다.

화악!

거대한 검은 벽이 나를 향해 돌진해 오는 느낌이었다.

과거에 새겨진 상처들이 나를 머뭇거리게 만든다. 하지만 거기에 사로잡혀 멍청하게 당하고 있기에는 몸 안에서 활활 타오르고 있는 극양(極陽)의 기운이 너무나도 선명했다.

비록 내가 이룩한 것이지만, 나 자신조차도 믿기지 않을 만큼.

비단 기분뿐만이 아니다. 확인도 하지 않았던가. 녀석이 그려왔던 순간은 나를 삼키기 직전까지였겠지. 그때 나를 삼켰어야 했지만, 녀석은 실패했다.

나도 빠르게 다가오는 녀석의 얼굴을 향해 철권(鐵拳)을 뻗었다.

한 번. 두 번.

연달아서 세 번의 공격을 퍼부었다.

어째서인지 명왕단천공이 멈춰 버렸지만 개의치 않았다. 녀석의 거대한 형체에 겁을 먹지만 않는다면, 내게도 승산이 있었다.

역시나, 녀석은 첫 번째 공격을 입 안으로 받자마자 입술을 붙였다. 약간의 틈을 두고 멈추는 것 같더니 모든 공격을 얼굴로 받아 내며 그 얼굴을 들이밀었다. 하얗기만 했던 녀석의 얼굴에 울긋불긋한 상처가 남아 있었다.

그런 녀석을 향해 조소를 보내기에는 다시 벌려진 아가리 안의 어둠이 정말로 위협적이다.

나는 아래로 몸을 떨어트렸다. 그 방향으로 녀석의 아가리가 공간의 틈을 가르며 갑자기 나타난 것은 그리 놀라운 일이 아니었다.

콰아앙!

방향을 틀어 버리자, 녀석의 아가리가 발끝으로 아슬아슬하게 닫혔다.

닫힌 이빨 사이로 악령을 닮은 녀석의 검은 기운이 스미어 나와, 곧장 내 뒤에 따라붙는다. 그러면서 동시에 진로 방향에서 또다시 덮쳐 오는 것은 아마도 녀석의 손톱이리라.

어지간한 성인 남성, 그러니까 나만 한 크기를 하고 있으면서도 날카로움이 예기(銳氣) 서린 보검과 다를 바 없었다.

나는 피할 생각이 없었다.

그래서 후방에서 쫓아오는 검은 기운들을 향해 수도를 휘둘렀다.

몇 개로 나누어져 비전처럼 쏘아져 나가는 열화(烈火)의 무리!

그것이 검은 기운들에 부딪혔다. 어느 것이 월등하다 할 수 없게, 적과 흑이 접촉하자마자 거친 바람을 일으키며 소멸됐다.

녀석은 크기를 키웠지만 그렇다고 둔해지진 않았다. 거신(巨身)이어도 인간형일 때만큼이나 빠르기의 극(劇)을 달린다. 그래서 녀석의 손톱이 거리를 좁혀오는 속도는, 음속으로 떨어졌던 투하 폭탄과는 비교할 수 없을 정도도 빨랐다.

하지만 나는 이제 그게 보였다.

몸을 꺾어 버리자 거대하고 날카로운 덩어리가 눈앞을 빠르게 스치고 지나갔다.

순간적인 풍압(風壓)이 내 몸을 끌어당기는 그때, 내 오른발 끝이 그 덩어리의 중심을 차올렸다. 마치 한계치까지 당겨졌던 고무줄이 뚝 끊겨버리듯, 덩어리의 상부(上部)가 떨어져 나갔다. 검은 악령들을 주렁주렁 달고선 저 멀리.

기뻐하기엔 이르다. 고작해야 녀석의 손톱을 다듬어 준 것에 불과하니까.

— 귀엽네.

녀석의 목소리가 천둥같이 우르릉거리며 들렸다. 하지만 나를 굽어보는 하늘 위의 하얀 얼굴에는 짜증이 가득했다.

그동안 잠잠했던 명왕단천공이 번뜩인 것도 바로 그때였다.

그 어느 때보다도 뚜렷한 이미지가 뇌리에 박혔다. 퍼렇고 뻘겋게 튀어대는 전기 자극에 기운을 움직이자, 전신의 모든 혈관 또한 꿈틀거렸다. 그러한 혈관의 움직임이 어찌나 자극적인지, 여러 마리의 고(蠱)가 온몸을 헤집고 다니는 기분이 들었다.

불쾌하기는커녕 휘어 도는 기류의 움직임이 신선하다. 끝내 그 모든 기류가 주먹 끝으로 응집되었고, 나는 내 어깨가 핵미사일의 발사체처럼 느껴졌다. 뻗으면 날아간다.

목표는 가장 큰 면적을 차지하고 있는 녀석의 몸체, 정확히는 복부 언저리 부근의 일점(一點)!

몸을 날리며 뻗었다.

녀석과 합일했을 때에나 느낄 수 있었던 충족감이 온몸을 휘감았다. 천강혈마검법이든, 천강혈마권법이든. 명명

된 이름은 아무래도 좋았다. 이것이라면 녀석을 무너트릴 수 있을 것 같았다.

그런데 주먹에서 먼저 뻗친 열화가 녀석의 몸에 닿으려던 찰나, 산처럼 큼지막하게 가로막혀 있던 그것이 거짓말처럼 사라졌다. 주먹이 허공을 가르고, 열화는 사막 저 아래로 떨어졌다.

사막이 뒤집어지는 광경을 뒤로하고, 나도 급히 허리를 비틀었다.

내 뺨을 긋고 지나간 흑천마검의 뒷모습이 시선 안으로 들어왔다. 얼굴이 꿰뚫릴 뻔했다는 생각이 등골을 오싹하게 만들었지만, 그것이 녀석의 뒤를 쫓지 못할 이유는 되지 못했다.

녀석은 거신형을 포기하고 어느새 인간형으로 돌아와 있었다.

녀석의 긴 머리카락이 격류에 휘말린 해초마냥 사정없이 휘날렸다. 손에 닿을 듯 말 듯.

권로(拳路)가 이어졌다. 주먹에서 뻗친 열화가 녀석의 머리카락 일부를 태우고 지나쳤다.

그때 녀석의 어깨가 움직였다. 공격은 위쪽에서다. 상층 공간을 가르고 나온 녀석의 오른손이 어깨에 틀어박혔다. 엄지와 네 손가락의 손톱 전부가 반대편을 뚫고 나왔다.

한 박자 늦게 눈앞에서, 빌어먹게 화끈한 불똥이 튀겼다.

내가 옥제황월에게 그러했듯 녀석도 내 어깨 전체를 뜯어 버릴 심산인 것 같았다. 나는 그런 녀석의 손목을 움켜잡아 끌어당겼다.

바로 앞에서 날아가고 있던 녀석이 제 앞에 열려진 공간의 틈으로 빨려 들어가는 것 같더니, 내 위쪽으로 열려 있던 공간의 틈으로 쏠려 나왔다.

녀석의 손목을 잡았던 손을 풀자마자 쥔 주먹으로, 녀석의 얼굴을 가격했다.

최단거리.

명왕단천공이 긴박하게 보내오는 지침이자, 천강혈마권법의 대미(大尾)였다.

거꾸로 쏠려왔던 하얀 얼굴에 철권(鐵拳)을 박아 넣는 순간, 주먹 끝으로 녀석의 고통이 전해져왔다.

녀석이 외모대로 정말 인간이었다면 그때 얼굴이 뚫려서 죽었다. 설사 철면으로 된 얼굴이라 해도 목뼈가 부러져서 죽었다. 그것도 아니라면 그 충격으로 목이 뜯겨져 나가 죽었다.

하지만 녀석의 고개는 꺾이지 않았다. 화염에 휩싸인 얼굴을 달고 목을 빳빳이 세우고 있었다.

그때 어깨에서 극심한 충격이 번졌다. 뼈가 박힌 살점을 움켜쥔 녀석의 손아귀가 시선 안에서 빠르게 벗어났다.

직접 확인하지 않아도 알았다. 상완골 상부와 쇄골 그리고 견갑골로 이어지는 부분이 통째로 뜯겨졌을 것이다.

녀석에게서 거리를 벌리려 할 때, 나와 똑같은 생각으로 움직이는 녀석이 보였다.

그러면 그렇지. 녀석도 멈칫할 수밖에 없다.

하지만 그것이 고통을 완화시켜 주지는 않는 법이라, 재생 마법 결정을 토했다.

"Ρεςτωρατηων!"

그런데 하얀 빛무리보다도 먼저, 입 앞의 공간이 확 벌어지는 것이었다.

나는 거기서 튀어나온 녀석의 손톱이 음성에 담긴 결정을 갈라 버리는 것까지는 막지 못했다. 대신 결정을 갈라 버리자마자 이어 들어온 공격은 막아 냈다. 녀석의 손을 깍지 끼자, 거기서 삐져나온 손톱들이 까닥까닥거리며 서로 부딪쳐 댔다.

다시 재생 마법 결정을 뱉었다. 이로써 메모라이즈된 재생 마법은 단 하나만 남았다. 녀석의 다른 쪽 손이 또 튀어나와 재생 마법을 가르는 것까지는 예상한 일이었다.

나는 녀석의 그 손마저도 깍지 껴버린 후, 마지막 남은 결정을 입술 밖으로 끄집어냈다.

"Ρεϛωρατηων!"

그러자 이번에는 녀석의 하얀 얼굴이 쑥 빠져나왔다. 그 얼굴은 균열의 틈마다 검은 기운을 피어 올리는 것만 제외하면, 금이 쩍쩍 간 도기와 흡사한 상태였다.

집중하지 않고 있었더라면 보지 못했을 것이다. 녀석이 엄청난 속도로 마지막 결정까지 삼켜 버렸다.

그때.

나는 그런 녀석의 목덜미를 짐승처럼 물었다.

와직.

녀석이 고통에 몸부림치면서 나를 던졌다.

나는 빠른 속도로 낙하하여 지반 속 깊숙이 떨어지고 있었다.

공간을 가르며 나오는 녀석의 손길들을 뿌리치는 동안, 사선(死線)에 놓였다는 사실을 다시금 인정할 수밖에 없었다.

녀석도 나도 상처를 입었지만 내 쪽이 더 심하다.

당장만 해도 무리해서 녀석의 손을 깍지 꼈던 탓에, 그쪽 한 팔이 곧 떨어질 것처럼 덜렁거려댔다. 그쪽에서 번지는 고통이 인내의 한계에 거의 도달한 것도 사실이었다.

만반의 준비를 갖춘 채 싸웠더라면, 그렇게 속절없이

재생 마법을 포기하는 일은 없을 것이다.

빌어먹게도.

대성한 순간에 급습당했다.

나는 입 안으로 집게손가락과 엄지손가락을 집어넣었다.

딱딱한 것이 두 손가락 끝으로 걸렸다.

재생 마법을 내주고 얻은 것, 녀석의 목덜미에서 한입 가득 뜯어냈던 살점.

녀석의 그 파편이 두 손가락 사이에 잡혔다.

그 순간, 미처 뿌리치지 못한 흑천마검의 손 하나가 등줄기를 훑었다.

"커억!"

몸과 함께 고개 또한 꺾였다. 확 틀어진 시선 안으로 균열이 간 녀석의 하얀 얼굴이 공간을 열고 나오는 광경이 들어왔다. 녀석도 타격을 입어서 전만큼이나 빠르지는 않았다. 그렇지 않았더라면 나는 그 아가리가 내 발 위에서 쏟아지는 것을 뻔히 보고도 피하지 못했을 것이다.

빼냈던 발로 녀석의 안면을 밟는 데 성공했다. 낙하되던 몸에 내 진력의 속도가 실렸다.

쉬아아악.

귀신같은 하얀 손들이 갑자기 나타났다가 저 뒤로 빠르게 사라지기 시작했다. 하지만 곧 갈라진 한계점에 도달

할 것이다.

그때까지 해야만 하는 일이 있었다.

그러나 싫다!

죽는 것만큼이나 하고 싶지 않다!

찰나, 지반의 갈라진 끝이 시선 안으로 쏟아져 들어왔다.

그때 녀석의 쩍 벌려진 아가리도 거기서 나타났다. 탐욕
으로 가득 찬 검은 구덩이가 나를 향해 손짓하고 있었다.

이제 더는 망설여서는 안 된다.

젠장!

입 안에서 녀석의 파편을 꺼내자마자, 거기에 공력을
실었다. 녀석을 속박한 존재로서의 유일한 권능이 눈부신
빛무리로 도래했다.


**화악!**


잡풀들이 등에 깔려 있는 게 느껴지며, 무성히 자란 거
대 활엽수들이 하늘을 가리고 있는 광경이 두 눈 안으로
들어왔다.

나는 일어나자마자 기감을 극대화시키는 것으로도 모자
라 눈 또한 굴렸다. 그런데 두 호흡을 마칠 때까지도 시공
이 열리지 않고 있었다.

역시 그랬다.

흑천마검으로서도 부상당한 상태로 이 세상에 오기에는, 이 세상에는 나뿐만 아니라 녀석에게도 크나큰 위험들이 산재해 있지 않은가.

그래도 마음을 놓을 수 없다. 어떻게든 당장 몸부터 치료해야 하지만 의식 세계에 들어간 이후에는 흑천마검, 드래곤, 옥제황월, 백운신검까지 가지 않더라도 산짐승이나 몬스터 따위도 나를 저승으로 보내기에 충분한 것들이었다.

고통이 감각에 영향을 끼치기 시작했다. 세상이 휘청거리고, 눈은 굴절 이상처럼 사물들이 뿌옇고 겹쳐 보였다.

이를테면 오른손에 쥐어진 녀석의 조그마한 파편이 3개로 변해 계속 흔들거리는 식으로 보인다.

파편에서 사라진 녀석의 마기(魔氣)에 분노를 토하기에는 몸 상태가 너무 좋지 않았다. 혈을 눌러도 지혈되지 않는다. 녀석에게 뜯겨버린 부위의 출혈과 끊겨버린 신경의 고통은 나를 죽음까지 치닫게 만들 것 같았다.

걸었다.

이 세상은 분명 대낮이지만, 하늘을 가린 활엽수들 때문에 저녁만큼이나 어두웠다. 그런데 전방으로 밝은 빛이 내려오고 있었다.

드래곤이 나타난 징후인가 싶어서 이를 악물고 고개를

올려다보았지만, 실은 잎과 잎 사이를 비집고 내려온 햇볕에 불과했다. 부스럭거리는 수풀에도 깜짝 놀라는 내 자신이 못마땅했다. 금방이라도 흑천마검의 하얀 손들이 튀어나올 것만 같았다.

일단 산짐승이나 몬스터 따위가 접근하지 않는, 안전한 곳까지는 이동해야 한다.

그 일념만으로 발을 끌었다.

서쪽으로 5km.

거기에 사람이 있으니까……

\*       \*       \*

금방이라도 사지가 끊겨서 뚝뚝 떨어져 버릴 것 같았다.

나는 내 눈빛을 받고도 도망치지 않는 늑대 무리들을 보면서, 내가 정말 죽어 가고 있음을 실감했다.

늑대에도 리더가 있다.

리더가 컹, 하고 짧게 울자 늑대 두 마리가 나를 향해 돌진하기 위해 발에 힘을 실었다. 두 녀석의 근육이 힘차게 움직이던 순간, 푸른 불길이 녀석들의 몸을 휘감았다.

지금껏 내게 접근했던 산짐승과 몬스터들을 불태웠던 그 불길이다.

리더의 몸에서도 불길이 치솟아올랐다.

세 녀석이 재조차 남기지 못하고 사라지던 때에, 의념을 밀어 넣었다.

## ─ 꺼져라

그러나 늑대들은 잘 훈련된 전사들처럼 요란 피우지 않고, 조용히 수풀 속으로 숨어들었다. 나는 나를 노려보고 있는 시선들을 달고서 다시 발을 끌었다.

비틀비틀.

요지경인 세상이 휘휘 돈다.

작은 나무집을 둘러싼 목책 앞까지 와서, 쓰러지듯 가부좌를 틀고 앉았다. 아이러니하게도 간악한 흑천마검 놈의 파편을 소중하게 쥐고 있는 채로 말이다.

기풍(氣風)을 일으켰다.

목책에 걸려 있는 알람 장치들이 덜그덕거리는 소리를 냈고, 곧바로 나무집 문이 살짝 열리는 게 보였다. 그래서 수염이 수북한 사내의 얼굴 또한 반쯤만 나타났다.

사정없이 흔들리고 겹치지만 보인다. 갈색 머리에 코가 오똑하고 두 눈이 깊게 들어간 것이, 그는 전형적인 성(星)마루스의 서부인이었다.

"도움이…… 필요……하다……."

가뜩이나 피를 뒤집어쓴 나신(裸身) 상태에서 의념까지 보내는 우를 범하지 않지 않았다. 마루스 제국어로 말했다. 이런 상태에서도 정신줄을 놓지 않았다는 사실이 즐겁지만은 않았다.

사내가 고민하는 그 짧은 시간 동안, 나는 사내도 죽여 버린 후 그의 집으로 들어가야 하는 것이 아닌지 고려했다. 하지만 의식 세계 안으로 들어간 이후에 나를 지켜 줄 사람이 필요했다. 피 냄새를 맡고 몰려들 몬스터와 짐승들로부터.

사내는 그럴 수 있을 만한 능력자였다. 그러니까 깊은 산중에 혼자 집을 짓고 사는 거였다.

사내가 쥐고 있는 긴 철제(鐵製)는 아마도 검이었다. 사내가 목책 뒤까지 걸어와 말했다.

"당신의 무엇을 믿고?"

사내의 싸늘한 목소리에 신경질이 치솟았다. 꾹 참으며 다시 입술을 뗐다.

"내 목숨을…… 맡기는 만큼…… 원하는 보상을…… 들어 주지……."

"보상이라고?"

목책 너머로 사내의 큭, 하는 짧은 웃는 소리가 들렸다.

"네 동료들은 어디에 있지?"

그가 그렇게 묻고는 바로 말을 이어 붙였다.

"어깨는 뭐에 물린 거냐. 피그라리온? 아닌데. 어쨌든 그런 상태에서도 살아 있는 게 용하군."

나는 대답하지 않았다. 녀석이 계속 이런 식이라면 어쩔 수 없이 녀석을 죽이고 집을 차지하는 수밖에 없다고 생각했다.

제대로 만들어진 알람 장치를 보니, 외부의 침입을 막아 낼 여러 장치들이 있을 것 같았다. 재생 마법 주문을 외울 세 시간 동안, 거기에 기대를 걸어 볼 수밖에.

그런데 그때 녀석이 목책을 훌쩍 뛰어넘더니, 내가 나왔던 수풀 쪽으로 들어갔다.

잠시 후, 녀석의 투덜거리는 소리가 뒤쪽에서 가까워졌다.

"이봐. 중부인(中部人)! 아직 안 죽었지? 몇 마리나 달고 온지 알아?"

비릿한 냄새가 쫙 퍼졌다.

"대체 뭘 기대하고 온지 모르겠네. 네 상태가 어떤지 알지? 유언이라도 들어주라는 거냐. 그래. 씨발. 들어줄게 말해 봐."

"집 안에서…… 세 시간."

나는 녀석에게 마지막 기회를 줬다.

생사의 기로에 서 있다는 것을 알 리 없던 녀석은 나를 내려다보면서 시간을 끌었다.

시간이 촉박하다.

언제 흑천마검의 손이 튀어나올지 모르고, 거대한 사색 (四色)의 눈동자가 하늘에 박혀 나올지 모르는 일이었다. 이 고통도 인내의 한계에 달했고.

그런데 인과율에 새겨진 녀석의 목숨은 여기가 끝이 아니었던 것 같다. 공력을 일으키려던 찰나, 녀석의 목소리가 위에서 때려왔다.

"아직 움직일 수 있으면."

녀석이 거기까지만 뇌까린 후, 한숨을 쉬면서 목책 문을 열었다.

내가 몸을 일으키자 녀석이 호오!, 하고 탄성을 터트렸다.

녀석은 나보다 먼저 제집 안으로 들어갔다. 나는 녀석이 그랬던 이유를 집 안으로 들어간 이후에 알았다. 넓은 활엽수 잎들을 나무로 된 바닥에 깔고 있었다. 녀석이 몸을 일으켜서 거기를 발로 통통거렸다.

거기에서 죽으라는 뜻이 분명했다.

"보답하겠다……. 원하는 게 이 마법이라고 해도…… 전수해 주겠다."

"마법?"

처음으로 녀석의 목소리가 흥미로운 감정으로 톡 튀었다.

대마법사의 마법은 녀석이 중간에 마음을 바꾸지 않을 만한 미끼로 적합하리라.

의식 세계에 들어간 이후부터 내 목숨은 녀석에게 달렸다. 낯선 이에게 고스란히 내 목숨을 맡길 수밖에 없는 상황이라니, 하물며 의식 세계 안에 있는 동안 흑천마검이나 드래곤이 나타나면 나는 두말할 것 없이 죽는다.

주문을 외울 세 시간 동안에 내 운명이 결정된다. 의식 세계에 빠져들려던 직전, 심장의 두근거림이 통증을 뚫고 떠올랐다.

이윽고 이 세상의 사물들이 시야에서 사라지고, 오색(五色)으로 이루어진 빛의 향연이 펼쳐졌다.

내가 읊기 시작한 재생 마법의 주문들이 아리아처럼 울리며 의식 세계의 다섯 가지 빛깔을 움직이기 시작했고, 나는 그 속을 부유(浮游)했다.

하지만 나를 당장 죽일 수 있는 것들.

서부인, 서부인, 서부인, 서부인, 드래곤, 드래곤, 드래곤, 흑천마검, 흑천마검, 흑천마검, 옥제황월, 옥제황월, 옥제황월, 백운신검, 백운신검, 백운신검.

그것들의 이미지가 의식 세계에 끼어들 때마다, 나는

처음부터 주문을 다시 시작해야 했다.

비록 육신의 고통이 의식 세계 안에서 흐릿해졌다고 해도, 시간을 끄는 만큼 생명의 양초가 점점 바닥을 드러내고 있는 중이었다.

인정한다면서 끝내 인정할 수 없었던 그것을 인정했다.

정말 내 목숨은 이제 내 손에서 벗어났구나.

\* \* \*

주문의 끝자락이었다.

"Ρεςτωρατηων!"

마지막으로 시동어를 뱉었다.

그러자 이쪽 세상을 볼 수 있는 시선이 돌아오면서 하얀 빛무리가 빠르게 사라지고, 나를 노려보고 있는 사내의 얼굴이 드러났다. 그의 검도 마찬가지다. 그가 뻗은 검날이 내 목으로 차갑게 닿아 있었다.

"탑외인(塔外人)이냐? 말해."

살의에 젖은 사내의 목소리가 더할 나위 없이 깨끗하게 들렸다.

나는 살아 있다는 기쁨도 잠시, 의아함이 치밀어 올랐다.

어째서 녀석의 선천진기가 중완의 할라를 중심으로 돌

고 있는 것이지?

"탑외인이냐고 물었다."

정작 긴장해 있는 쪽은, 내 목에 칼을 대고 있는 녀석이었다.

나는 녀석의 칼을 가볍게 튕겨낸 후 몸을 일으켰다. 녀석이 제 검과 함께 벽으로 날아가다가, 민첩하게 중심을 잡았다. 그러고는 재빠르게 바닥을 굴러 벽에 부딪쳐 떨어진 검을 주워 들었다.

역시나, 중완의 할라를 중심으로 도는 선천진기가 녀석을 고양이보다 날렵하게 만들고 있었다. 녀석은 아차 했던 표정을 지우고 검을 고쳐 잡았다. 그러고는 사생결단에 나서는 것만큼이나 비장한 얼굴로 나를 노려보며 중얼거렸다.

"씨팔……."

반박귀진 (返撲歸眞).

십일성 전에도 기운을 갈무리하는 것은 가능했다. 하지만 쉼 없이 전장을 다니던 어느 날 보니, 갈무리되는 기운보다도 살기에 끄집어내지는 기운의 양이 더 커져 있었다.

그런데 확실히 십이양공을 대성하면서 겉으로 폭렬(爆裂)하던 기운이 체내로 완벽히 갈무리됐다.

녀석이 내 면전에서 욕을 하고 있는 지금이 그 뚜렷한

증거였다.

"탑외인이라고 하면 날 공격할 텐가?"

내 물음에 녀석의 원기가 회용돌이 치며 즉각 반응한다.

녀석이 나를 공격하지 않는 이유는 겁을 먹었다기보다는, 신중을 기하고 있는 것으로 보였다. 물론 검을 뻗어온다면 자신이 어떻게 죽는지도 모르고 죽어버리겠지만.

나는 싸울 의사가 없다는 뜻으로 어깨를 으쓱해 보였다.

"몸에 묻은 피부터 지우고 싶군."

내가 말했다.

약간의 침묵 후.

녀석이 한쪽을 턱짓해 가리켰다. 그쪽의 후문으로 나가자, 빗물을 받아 놓은 나무통이 보였다.

피를 씻어 낼 무렵, 서부식 민소매 셔츠와 바지가 훅 날아왔다.

녀석의 날카롭게 선 목소리도 함께.

"약속한 보상을 원한다."

"말해."

셔츠에 얼굴을 끼워 넣으며 답했다.

"내 목숨."

판단이 빠른 녀석이군.

평상시였다면 웃었을지도 모른다. 하지만 그러기에는

몹시 심란해 미간만 구겨지고 있었다.

나는 녀석을 향해 웃음을 터트리는 대신 편 주먹 안을 바라보았다.

한 치 크기의 조그마한 파편.

마기를 잃어 몹시 탁하다.

구태여 공력을 주입시켜 보지 않아도 알 것 같았다. 이 조그마한 파편으로 할 수 있는 건 이제 없었다. 조금 떼어 낸 것에 불과해서, 이것의 공능은 단발성(單發性)에 그쳤다.

지금의 상태라면 흑천마검과 다시 싸워 볼 만했다. 단전이 공허하고 메모라이즈 된 마법이 없다 해도, 나와는 달리 흑천마검은 부상에서 바로 회복하지 못했을 테니까.

하지만 간절한 바람에도 불구하고, 파편에 공력을 주입해도 어떠한 일도 일어나지 않았다. 예상했던 대로였다.

나는 치밀어 오른 성미대로 파편을 없애버리려다가 그만두었다.

빌어먹을.

저쪽 세상이든 중원이 있는 세상이든, 어느 쪽으로도 돌아갈 수 없게 되었다는 사실을 인정할 수밖에 없었다. 그런데 더 큰 문제는 저쪽 세상에 흑천마검이 있는 이상, 저쪽 세상의 시간이 계속 흐르고 있다는 것이다.

내가 없는 세상에서 흑천마검이 무슨 짓을 저지르고 다

닐지, 예측조차 할 수 없다.

그런데 나를 조급하게 만드는 요인은 엉망이 될 저쪽 세상의 변화가 아니다. 그로 인해서 우리 가족이 어떤 피해를 입을지 몰라서 그렇지.

그때.

"원하는 걸 얻었을 텐데."

녀석의 목소리가 상념에 끼어들었다.

나는 녀석에게 방해하지 말라는 뜻으로 손을 저었다.

휙.

접근하려던 녀석의 발 바로 앞으로, 한줄기 화염이 긋고 지나갔다.

그것이 일반적인 화염이 아니라는 것쯤은 마법이나 무공에 문외한이라도 알 수 있었다.

푸른 불꽃과 잠깐이라도 접촉한 지면에는 검은 그을음이 남거나 뜨겁게 가열된 것에 그친 것이 아니라, 접촉한 순간 뻘겋게 녹아 버려서 빠르게 굳어가고 있었기 때문이다.

한 박자 늦게 뒤로 거리를 벌린 녀석에게 손바닥을 펼쳐 보였다. 사내는 멍청하지 않아서 더 이상 접근하지 않았고, 입도 다물었다.

사내에게 신경을 끄고, 다시 흑천마검에게 생각을 돌렸다.

처음부터 생각하자.

녀석이 나를 잡아먹기 위해 진력을 다했다?

그 사실은 내가 확신하고 있던 전제(前提) 하나를 무너트렸다.

나는 녀석이 나를 다치게 할 수는 있어도, 잡아먹는 것과 같이 실질적으로 내 목숨을 빼앗는 행위는 금제(禁制)되어 있다고 확신하고 있었다.

물론 녀석이 내가 충분히 탐스러워지면 잡아먹겠다고 말한 적이 있기는 하다. 하지만 그것은 십 년 전 그 옛날 어디쯤이었고, 녀석이 그동안 그래 왔던 수많은 허언 중의 하나라고 생각했다.

그런데 아니었다.

녀석은 지금을 위해 꾸준히 인내해 왔다. 심지어 내가 녀석을 극도로 분노케 했던, '인과율의 조각'을 삼키지 못하게 방해했던 그때에도 꾹 참았다.

백운신검과 옥제황월 그리고 드래곤 때문에 나를 잡아먹지 않았다고 하기에는, 백운신검이 내게 속박되고 옥제황월은 죽어 없고 드래곤이라는 존재를 모를 때에도, 녀석은 나를 잡아먹지 않았다.

라쿠아의 만남이 녀석의 무엇을 자극했다고 생각했던 것도 틀렸던 것 같다.

녀석은 내가 정말로 '탐스러워'질 때까지 기다렸으며, 내가 그러한 상태가 되도록 유도하기까지 했다. 그리고는 내가 십이양공 대성의 순간, 오랫동안 짓눌러왔던 탐욕을 드러냈다.

내가 간과했던 것이 있었다.

십 년이란 세월은 나 같은 인간에게는 긴 세월이다. 그러나 녀석 같은 존재에게는 아니었다. 때때로 경박한 인간 같이 굴어왔던 녀석의 모습이 나를 착각하게 만들었던 것이다.

간악한 것.

군자의 복수는 십 년이 걸려도 늦지 않다, 라는 속담은 녀석을 두고 말하는 것일 게다.

중원으로 돌아가게 된다면, 초대교주의 생애부터 샅샅이 조사해야 한다. 어쩌면 초대교주부터가 녀석의 먹이가 되었는지도 모르는 일이었다.

아니면 백운신검이 알까?

그것이 했던 경고가 흑백 기억 속에서 떠오른다.

'교주. 저놈만을 데리고 간다면 교주는 잡아먹힐 게 분명해요.'

'교주는 저놈에게 속고 있는 거예요. 저 마귀는 너무도 음흉하고 철두철미해서 인간들은 그 속내를 알 수 없죠.'

백운신검…….

그 계집도 신뢰할 수 있는 것이 아니지만…….

각설하고.

흑천마검이 알아서 내 앞에 나타나지 않는 이상 다시 저쪽 세상으로 돌아갈 방법은 백운신검이 유일하다.

＊　　　＊　　　＊

지금도 눈앞에 펼쳐지듯 생생하다. 흑천마검이 둘의 합일체를 시공의 틈으로 던졌고, 드래곤 넷이 합일체를 향해 모여들면서 끝났다.

그 뒤로 어떻게 되었을까. 지난 전력으로 봤을 때는, 백운신검과 옥제황월이 드래곤들에 강제되어 있다고 보는 게 맞다.

나는 사내에게로 시선을 돌렸다. 녀석에게 확인할 게 있었다.

사내의 가슴, 중완의 할라가 위치한 부근을 가리켰다.

"어디에서 얻은 거냐?"

정확히는 누구에게 얻은 것이냐?, 고 묻는 것이다. 이 세상에서 머무는 동안, 나는 이 세상에서 선천진기를 이용한 수련법이나 그 비슷한 징후를 본 적이 없었다.

대마법사인 란테모스까지도 선천진기의 활용법을 몰랐다.

그렇다면 둘 중에 한 명의 발자취가 녀석에게 닿은 것이다.

비로소 여성(女性)을 되찾은 창녀와 다시 되살아나게 된 위선자를 떠올렸다.

엘라와 옥제황월.

만일 녀석에게 닿은 발자취가 옥제황월에 인한 것이라면, 옥제황월과 백운신검은 드래곤들에게 강제되어 있다고 볼 수 없다.

"내 목숨은?"

사내가 되물었다.

"널 죽이지 않을 것이다. 약속한 대로 보상 또한 들어줄 생각이지."

"보상 따윈 필요 없어. 날 죽이지 않을 거라면 그만 내 집에서 나가 주지?"

"대답을 들으면."

사내는 악마와 카드게임을 하는 것처럼 굴었다. 녀석이 영혼을 빼앗기지 않기 위해 신중에 신중을 기하다가, 입술을 뗐다.

사내에게 할라를 전수한 사람은 당연히 여자일 수밖에

없다. 남자가 남자에게 할라를 전수할 방법은 나조차 모르니 말이다.

그런데 나는 사내의 입에서 엘라의 이름이 나오지 않기를 바랐다.

그 뜻인즉.

엘라가 아니라면 옥제황월 쪽에서 나온 것일 확률이 아무래도 높고, 이는 옥제황월의 운신이 자유롭다는 반증이며, 백운신검이 드래곤에게 속박되어 있지 않다는 기대 또한 해 볼 수 있다.

만일 그렇다면 옥제황월이 설아에게 그랬던 것처럼, 나도 놈에게 똑같이 해 줄 것이다.

놈에게 합일할 기회를 주지도 않고 죽인 다음, 백운신검을 취한다.

그런데 정작 사내에게서 나온 대답은 이것도 저것도 아니었다.

"나는 오성탑과 오정국은 물론이고, 너희들과도 아무런 관련이 없다."

무슨 소리를 하는 거냐.

내가 그런 식으로 얼굴을 굳히자, 사내는 제 검을 보란 듯이 움직여 하늘을 가리켰다. 그 방향으로 태양과 나란하게 떠 있는 행성, 성(星) 라이제가 있었다.

"나 같은 것에도 손길이 닿은 적이 있었지. 이제 대답이 되었겠지?"

사내가 목소리를 키웠고, 내 미간은 더욱 찌푸려졌다.

"아무래도 설명이 필요할 것 같군."

"무엇을? 대모(代母)의 정통을 잇고 있다는데?"

녀석에게 무거운 도움을 받지 않았더라면, 당장 녀석의 목을 베어 버렸을지도 모른다. 짜증 나서 관자놀이가 쿡쿡 찔리는 기분이 들었다.

"그 여자의 이름이 엘라인가?"

"……."

"대모라고 불리는 여자의 이름이 엘라냐고 묻지 않았느냐."

친절하게도 나는 그렇게 다시 물었다.

그 순간 조금의 틈도 없이, 사내의 눈이 부릅떠졌다. 어떤 놀라움이 아니라 분노에 의한 것쯤은 그의 상기된 얼굴만으로도 알 수 있었다.

"대모……라고 불리는 여자?"

사내의 목소리가 분노로 떨렸다. 사내가 보이는 태도는 지극한 경외(敬畏)였다.

거기서 나는 상황이 뭔가 이상하게 돌아가고 있음을 직감했다.

제2장

# 나는 한때……

"지금이 몇 년이지?"

내 그 물음이 사내에게 어떤 확신을 준 것 같았다. 사내
는 선천진기를 그가 수련한 한계치까지 회전시켰다. 충만
한 적의(敵意)로 보건데 도망치려는 것은 결코 아니었다.

나는 부쩍 짜증이 나서, 바로 사내를 제압했다.

점혈할 것도 없었다.

그가 중완의 할라로 이끌어낸 괴력을 이용하여 발버둥
치려했지만, 그는 전신을 옥죄어 오는 강력한 힘에 의해
조금도 꼼짝할 수 없었다.

찰나에 그의 두 눈이 토끼 눈처럼 온통 시뻘겋게 변했다.

나는 주변이 그의 피와 내장기관으로 더러워지기 전에 힘을 거뒀다. 짜증 나게 구는 녀석이지만 그래도 도움을 받은 게 있어서 목숨을 해하지도, 분근착골을 시전하고 싶지도 않았다.

그대로 말했다.

"널 죽이고 싶지도 않고 고통을 주고 싶지도 않다. 하지만 이런 식이라면 곤란하지. 분명히 말해 주마. 나는 탑 외인이 아니다."

바닥에 쓰러진 사내는 터져 버릴 뻔했던 눈을 비비고 있었다. 그래도 뚫린 귀는 있어서, 내 말에 고개를 끄덕였다.

하지만 그것만으로는 필시 부족한 법.

"내가 선인(善人)이라고는 할 수 없지만 그렇다고 악인(惡人) 또한 아니다. 네 좁은 식견으로 멋대로 판단하다가는 애꿎은 수명만 단축될 것이다."

정말이지 상냥하게 말했다. 드래곤이나 흑천마검이 언제 어떻게 나타날지 모르는 지금, 내가 베풀 수 있는 최고의 아량이라고 자부한다.

나는 찌푸린 눈으로 사내를 바라보며, 그가 몸을 일으키길 기다렸다.

그리고 물었다.

"지금이 몇 년이지?"

"······카를 대제. 기쁨의 5년 이······요."

그의 어투가 바뀌었다.

"공통력으로는?"

"541년."

그가 계산할 것도 없는 듯 바로 대답한 반면, 나는 순간적으로 말문이 막혔다.

왜냐하면 내가 드래곤을 죽이고 중원으로 떠난 시점을 행성 전쟁 종전을 원년으로 삼는 두 성(星)의 공통력으로 계산하자면, 공통력 428년이 되기 때문이었다.

그때 옥제황월도 백운신검을 가지고 중원으로 돌아왔었기 때문에 이쪽 세상의 시간은, 흑천마검이 옥제황월과 백운신검의 합일체를 이쪽 세상으로 던져 버린 이후, 그러니까 내가 우리 가족들의 세상에서 보냈던 20여 일만큼만 흘러야 하는 게 정상이다.

하!

"왜. 세월이 너무 가버린 모······."

나는 짜증 나는 녀석을 점혈한 다음, 계속 신경이 쓰였던 전방으로 시선을 돌렸다.

녹음이 우거진 거산(巨山).

드래곤의 사체가 변해서 만들어진 것이 저 산인데, 당시의 기억보다도 더욱 울창하게 변해 있었다. 역시 기분이 이상한 게 아니었다.

　더욱이 그따위 연도를 속여서 녀석이 얻는 게 무엇이라고, 당장 도시에 내려가면 알 수 있는 사실이거늘. 사내는 사실을 말했다.

　그렇다면 113년이나 흘렀다는 것인데!

　어떻게?

　흑천마검이 옥제황월과 백운신검의 합일체를 시공의 틈으로 날려버렸을 때, 시공의 틈이 비정상적으로 닫혔던 것 같더니만…… 결국 그게 문제가 되었던 것일까? 이 무슨!

　꼬리에 꼬리를 문 생각들이 머릿속을 헤집고 다니기 시작했다.

　두통이 일정도로 신경이 곤두서서, 생각이 바르게 정립되지 않고 가슴만 뛰었다. 이래서는 안 되겠다는 생각에 지끈거리는 머리를 짓누르며 대충 자리를 잡고 앉았다.


　　　　　*　　　*　　　*


　불타 버린 혈산과 칼리프의 모래시계에 이어서 세 번째, 시간의 장난질!

　저쪽 세상에서 20여 일을 보내는 동안, 이쪽 세상은 100여 년이 넘게 흘러가 있었다.

분명 100년의 세월은 어떤 일이라도 일어날 수 있는 시간임이 틀림이 없다. 정작 나부터가 지난 20여 일 사이에 무(武)의 극의를 이뤘던 대사건을 겪었지 않았던가.

그런데 100년이다. 정확히는 113년. 옥제황월에게는 그 긴 시간이 주어졌었다.

그랬던 놈이 내 앞에 나타나지 않았던 이유는 뭘까? 못했던 것일까?

거대 우주 속, 무한대에게 가까운 수많은 세상.

내가 머무르고 있는 세상이 어떤 곳인지 모르기 때문일 수도 있으며, 아직도 드래곤의 속박에서 풀려나지 못했기 때문일 수도 있다.

아니지.

어떤 무엇도 가능한 세월이기에, 계속 궁리해 본들 무의미하다. 놈의 생사 따위도 마찬가지다.

다만 다행스럽게도, 백운신검이 이 세상에 존재하고 있다는 것만큼은 확신할 수 있다.

이렇듯 사고(思考)를 하고 있는 게 바로 그 증거지 않은가? 백운신검이 이 세상에 잔존하지 않는다면, 나는 이 세상에 넘어온 즉시 모든 활동이 정지되었을 테니까.

그리고 이쪽 세상과 저쪽 세상의 시간 흐름이 너무도 차이가 나는 현 상황을 꼭 부정적으로 보지 않을 수 있게도, 저쪽에서의 1일이 이쪽에서의 2034일이다.

드래곤이 개입되었기 때문에? 정말로 시공의 틈이 비정상으로 닫혔기 때문에? 왜 이렇게 됐는지는 아직 알 수 없다.

그래도 상황만 놓고 보자면 이쪽에서의 5년이 넘는 시간이 흘러가야 저쪽에서는 겨우 하루가 지난다는 것인데, 그 말인즉, 나는 흑천마검보다 시간적으로 훨씬 우위에 선 것이 된다.

물론 흑천마검에게 하루는 저쪽 세상을 엉망진창으로 만들기에 충분하다.

하지만 그 간악한 녀석은 작지 않은 부상을 입었다. 녀석의 금이 간 얼굴을 어찌 잊을까.

부상에서 회복되기 위해 뭔가를 할 테고, 어쩌면 녀석이 그걸 이루기 전에 내가 먼저 돌아갈 수 있을지도 모르는 일이다. 나하기에 따라, 비로소 녀석에게 '주인'이 누구인지 알려 줄 수 있는 기회가 될 수 있었다.

역시나.

이 세상이 세월이 얼마나 흘렀든 행동강령(行動綱領)은 변함이 없다.

부상 입은 흑천마검이 내 앞에 나타날 확률이 거의 없어졌으니.

백운신검.

그 계집을 찾고 취하는 데 수단과 방법을 가리지 않는다.

만에 하나 내가 인지하지 못하는 사이에 백운신검이 이 세상에서 떠나 버리는 일이 일어나기라도 한다면, 나는 정지해 버린다.

*　　　*　　　*

아마도 란테모스는 늙어 죽었을 테고.

엘라는 지금까지 살아 있다면 얼추 140살이나 된다. 그러면 자하라보다 더 먹은 셈이다.

이 세상에 할라 수련법을 전파한 것이 엘라고 그녀가 대모라고 불리며 경외를 받고 있다면, 그녀는 일가(一家)를 이룬 대종사의 신분일터! 다른 누구보다도 그녀에게서 얻을 수 있는 정보가 질이 높을 뿐만 아니라 양도 많을 것이다.

격세지감(隔世之感)을 이런 식으로 통감하게 되다니.

나는 대모가 엘라가 맞길 바라며 사내의 마혈을 풀었다. 그러고는 물었다.

"대모의 이름은 엘라인가? 맞다면 고개를 끄덕이기만 하면 된다."

하지만 사내의 고개는 움직이지 않았다. 저항은 아닌

걸로 보인다.

"이름을 들은 적이 없군? 누구도 모르는 모양이지?"

그제야 사내의 고개가 끄덕여졌다. 아무래도 직접 찾아가 볼 수밖에 없는 것으로 생각된다.

아혈마저 풀어주자, 그의 입술이 확 열리며 큰 소리가 튀어나왔다.

"정체가 뭐요!"

무시하고 말했다.

"네놈에게 볼일은 끝났다. 원하는 보상을 말해 보거라."

"보……상이라고?"

사내는 벙 쪄서 눈을 껌벅거렸다. 나는 거기에 대고 고개를 짧게 끄덕였다. 어쨌거나 녀석 덕분에 온몸을 재생시킬 수 있었다.

사내는 나를 뚫어져라 쳐다보면서 진위(眞僞)를 가려내기 위해 애썼다. 그러다 진심으로 하는 말이라고 판단하였는지, 그의 표정이 심각하게 굳었다. 그가 고민 끝에 중얼거렸다.

"재수 옴 붙은 날이군…… 당신을 따라갈 수밖에 없겠소. 여기서 날 데려가시오."

내 얼굴이 험상궂게 일그러졌을 것이다. 그래서 그가 저도 모르게 몸을 움찔하였지만, 자신이 원하는 바를 번

복하지 않았다.

"당신을 쫓는 것들이 날 찾을 거 아니요! 날 무엇에 휘말리게 한 거요?"

틀린 생각은 아니다.

다만 사내는 내 적들이 이 세상에서 '신'으로 불리는 것들과 진짜 신의 영역에 도전하고 있는 존재들이라는 것을 모르고 있을 뿐이었다.

그런 존엄(尊嚴)한 것들이 하찮은 미물을 찾을 리가.

"그럴 일은 없다."

"그럼 당신이 처음 말했던 대로, 마법을 전수해 주시오."

연기였군.

사내는 마흔쯤 되어 보였는데, 속마음을 들키지 않기 위해서라도 조금 더 다양한 경험들을 쌓아야 할 것 같았다.

사내의 속셈은 명백했다.

그는 나를 따라다니는 위험을 감수하면서까지, 대모(代母)의 신변을 염려하고 있었다. 내 곁에서 나를 감시하고 위협이 될 만한 요소들을 대모에게 보고하려는 것이겠지.

그러니까 그는 내 다음 행선지가 그의 대모에게 있음을 확신하고 있는 것이다.

"너는 어느 정도지?"

"무엇……이?"

"대모가 구축한 세력 안에서, 네 위치가 어느 정도냐는 말이다."

"나는……."

사내는 지금까지와는 달리 대답하는 데 있어 눈빛이 흔들렸다.

그것으로 대답을 들은 것이나 마찬가지였다.

사내는 그 세력 안에서도 별 볼 일 없는 인물이다. 중원 문파에 비하자면 평제자 정도나 될까. 실력도 딱 그 정도다.

그럼에도 불구하고 목숨을 걸면서까지 위한다는 것은.

"대모를 향한 경외심이 지극하군."

정말 엘라가 대모라면, 그녀는 꽤나 쓸 만한 세력을 구축한 것이다.

"당신……."

사내가 부들부들 떨다가 말을 계속했다.

"정말 아무것도 모르는군. 당신 같은 것은 그분 앞에서……."

화악.

나는 손을 펼쳐서 사내의 말문을 막았다.

한 개 무리가 빠른 속도로 이쪽을 향해 오고 있었다. 단전에 후천진기를 배양하지 않고 있으면서도 빠르게 운신할 수 있는 데에는, 역시 할라밖에 없다.

나는 울타리 쪽으로 움직였고, 사내도 눈에 띄게 긴장하며 따라왔다.

"무슨 일이오?"

나는 어둠이 우거진 숲 안을 가리켰다.

하지만 사내는 한참이 지나고 난 이후에야, 내가 그랬던 이유를 알 수 있었다.

이윽고 숲 안에서 두 명씩 짝을 이룬 남녀 여섯이 비호처럼 튀어나왔다. 한 쌍은 백색, 한 쌍은 적색, 한 쌍은 청색으로 각기 색이 다르지만, 펄럭거리는 의복 양식과 가슴 중앙에 새겨진 문장이 동일했다.

그들을 본 사내는 귀신을 본 것처럼 멍해졌다. 그러다 정신이 번쩍 들었는지.

"헙!"

놀란 숨을 들이켰다.

그러고는 죽는 순간까지 놓지 않을 것처럼 움켜쥐고 있던 검을 땅에 조심히 내려놓은 뒤, 그들을 향해 걸어가 허리를 숙였다.

"총단의 형제님들을 뵙습니다."

사내의 어투가 몹시 공손했다.

그러나 그 여섯은 사내에게 조금의 눈길도 주지 않고 그를 지나쳤다.

그들 중 여성 하나가 내 앞에 이르렀다. 여자는 사내가 그들에게 그랬던 것처럼, 공손한 낯빛을 띠며 내게 말했다.

"대모께서 기다리고 계십니다."

거기에 대고, 내가 할 수 있는 말은 하나밖에 없었다.

"건방지군."

여섯의 분위기가 대번에 바뀌었다.

기풍(氣風) 같은 것이 압도해 들어오는 것은 아니었으나, 그네들이 쏘아붙이는 독살스러운 눈빛만으로도 일대가 공진(共振) 상태에 돌입한 듯 무거워졌다.

그들에게서 여섯 개의 강한 소용돌이가 느껴진다.

엘라 혼자라면 모를까, 백여 년이라는 시간 안에 이룩된 산물이라기에는 그들의 숙련도가 생각보다 높아 꽤 의외였다.

특히 내게 말을 건 여성은 초일류를 상회한다고 할 수 있었다.

여성과 이들 다섯은 인원만 조금 더 보강되면 대행혈마단과도 겨뤄볼 법했다. 그래서 이들을 시험해 보고 싶다는 생각이 들었지만, 구태여 내가 직접 할 필요는 없어 보였다.

그때.

수장 격인 여자의 얼굴에서 분노한 감정이 사라졌다. 여자가 말했다.

"모시겠습니다."

그녀가 그렇게 말하자, 그녀가 대동했던 이들도 빠르게 냉정을 되찾았다. 언질을 받은 것이겠지.

이들을 보낸 자는 내가 지금 여기에 나타날지 알고 있었다. 당장으로는 선지안(先知眼)에 비롯된 것이라고 생각하는 편이 신빙성이 높았다.

다만 이들 중에는 미간의 할라까지 수련한 이는 없고, 전부가 중완의 할라를 수련하였다. 그렇다면 엘라가 선지안을 뜬 것일까?

그 이전에, 대모가 엘라인지부터가 분명해져야 한다.

"대모의 이름이 엘라인가?"

사내에게 했던 질문을 여자에게 똑같이 했다. 그러자 여자는 다시금 싸늘하게 변한 두 눈으로 나를 직시하다가 얇은 입술을 뗐다.

"대모의 존함은 오로지 그분께서만 아십니다."

이름은 알려지지 않았다? 하긴…… 어떤 이름을 말한들, 진작에 창녀의 이름을 버리고 새 이름을 쓰고 있을 수도 있었다.

"이들이 누군지 아나?"

나는 그들의 어깨너머에 서 있는 사내에게 좀 더 시선을 멀리 가져갔다.

고양이 앞의 쥐처럼 경직되어 있던 그였다. 사내는 모두의 눈길이 쏠리자, 무시당했던 그 자리에서 여섯을 향해 허리만 숙일 뿐이었다.

"저 사내에게 네 이름을 밝혀 보거라."

다시 여자에게 말했다.

그녀는 본인뿐만 아니라, 대모와 총단 전체가 모욕받고 있다고 느끼는 것 같다. 그녀는 분노 서린 눈을 번뜩 뜨며 눈썹을 꿈틀거렸다. 기세만으로는 당장 내 목을 치고도 남았다.

그럼에도 불구하고 꾹 참고 있는 걸로 봐서는, 무슨 일이 있어도 나를 대하는데 공손히 하고, 반드시 데려와야 한다는 임무를 받은 것이 틀림없었다.

나는 어서 말하라는 식으로 여자에게 고개를 까닥여 보였다.

여자가 사내에게 고개를 돌려 말했다.

"나는 아가사라고 한다."

가뜩이나 그들을 대하는 데 공손하기만 했던 사내였는데도, 그 이름 하나에 경악을 금치 못했다.

"형……형제자매님들은……!"

그만큼이나 유명한 인사라는 것이다.

"아가사가 누구냐?"

사내에게 물었다. 여자가 괜찮다는 식으로, 아니 오히려 잘됐다는 듯이 사내에게 고개를 끄덕여 보였다. 그러나 사내는 입을 열지 못했다. 여자가 상냥하게 "알려 드리거라."라고 말한 끝에서야, 사내는 간신히 입술을 열었다.

"대모(代母)의 친딸 중 한 분이시자, 대설원의 군주시오."

이제 알았느냐?

여자가 그런 눈으로 나를 쳐다봤다. 그러나 경솔하거나 거만하지는 않고, 입지적인 위치에 있는 인물 특유의 자연스러움이 묻어 나왔다.

하지만 그러한 분위기가 엘라를 닮은 것인지 아닌지 확인하기 어렵게 만든다. 차라리 침대에 눕혀 보면 더 쉬울 것 같기는 한데.

"업적은?"

다시 물었다. 사내는 대체 이 인간의 정체가 뭐야?, 라고 황당한 표정을 지으면서, 아가사의 허락을 구했다.

"행성 전쟁 전후로 이루신 그 많은 업적을 지금 다 말하라는 말이오?"

"더 궁금하신 점이 없으시다면, 이만 모시고 싶습니다."

아가사의 그 말에 사내는 더 혼란에 빠졌다. 대모의 친딸이자 대설원의 군주가 정체를 밝히고도 계속 저자세로 일관하고 있었기 때문이었다.

그만하면 됐다.

뛰어난 경지에 그만한 명예를 지녔다는 것이니까, 이제 그걸 확인할 때였다.

나는 그네들이 달고 온 꼬리가 있는 쪽을 가리켰다.

고요하기만 한 숲 너머 어둠 속.

아가사와 다섯은 거기를 쳐다봤음에도 불구하고, 미행을 알아차리지 못했다. 그처럼 미행자는 가공할 능력의 마법사였다.

내가 기운을 쏘아 보내자, 오히려 놀란 아가사와 다섯이 재빠르게 거리를 벌렸다.

타원으로 형용된 붉은 강기가 숲 안까지 쭉 뻗쳤다. 거목들이 쓰러지면서 큰 소리를 내는 가운데, 빛에 잠식되어 가는 어둠 속에서 한 인물이 천천히 걸어 나오기 시작했다.

흑색 로브로 온몸을 가린 그였기에, 그가 목에 걸고 있던 해골 목걸이가 더욱 돋보였다. 더욱이 성인의 해골로 만들어진 것이 아니라 신생아의 해골 여러 개를 엮어 만든 것이었으니까.

그가 어깨를 움직이자 소매가 내려가며 앙상한 팔이 드러났다. 또한 흑천마검의 손을 연상하게끔 하는 흉물스러운 손이 후드를 제쳤다.

"란테모스!"

아가사가 나보다도 먼저 부르짖었다.


*        *        *


"피하십시오. 군주님!"

아가사가 대동하였던 넷이 아가사 앞을 막아서고, 아가사의 수련 파트너인 것이 분명한 남성도 아가사의 팔을 잡아끌었다.

갑작스러운 란테모스의 등장과 함께 상황이 급박하게 돌아가는 것만큼, 나는 기억의 궤를 완전히 달리한 란테모스의 변한 모습이 무척이나 신기했다.

"오.셨.군.요."

란테모스가 걸어오며 말했다.

그러면서 "주.인.님."하고 히죽 웃는데, 지옥에서 기어나온 망령처럼 기괴하기 짝이 없었다.

란테모스?

집주인인 사내는 아가사라는 이름을 들었을 때와는 비슷한 의미로 사색이 돼서, 어쩔 줄을 몰라 하고 있었다. 그와 눈이 마주쳤을 때, 나는 처음으로 그에게 안쓰러운 마음이 들었다.

그래서 그를 잡아끌어 나무집 안으로 던져 버렸다. 그러고는 나를 소리쳐 막는 여러 음성에도 불구하고, 나는 란테모스를 향해 걸어갔다.

"불사(不死)의 방법을 찾아낸 모양이구나. 란테모스."

내가 말했다.

죽은 자의 흐릿한 눈이 나를 바라본다.

거기서 이는 불쾌한 감정이 란테모스와의 반가운 만남을 방해한다.

중원에 강시란 것이 있다. 그런데 그것은 단순히 시체를 움직이는 것에 불과한 쓸데없는 사술인 반면에, 란테모스는 이지를 간직하고 있었다. 한 줌의 원기도 없는 시체가 분명한데도.

"하지만 네 몰골을 보니 축하한다고는 못 하겠군. 이들을 죽이려는 것이냐?"

나는 그렇게 말한 다음 아가사 일행을 쳐다봤다. 선천진기로 인간의 한계를 뛰어넘은 그들이 란테모스 한 명을 극도로 두려워하고 있었다.

그런데 그들에게서 느껴지는 공포가 새삼스럽지 않다. 란테모스는 이런 몰골이 되기 전에도, 탑외인들이 두려워하던 흑탑의 대마법사였다.

하지만…….

이제는 란테모스에게서 악인 중의 악인, 암흑사제 샤프리히터의 모습이 보인다. 아니, 암흑사제 따위는 지금의 란테모스에게 비할 바가 되지 못한다.

"죽.일.까.요."

란테모스의 반문에 아가사 일행을 다시 쳐다보았다. 아가사 일행은 지금껏 차가운 기계인간 같이 굴고 있었는데, 란테모스가 등장하면서부터 생동감이 넘쳐흘렀다.

모두의 눈에서 생생한 음성이 펄쩍펄쩍 뛴다,

안 돼! 안 돼! 대답하지 마!

"네가 말해 보거라. 란테모스. 저것은 엘라의 딸이냐?"

나는 대설원의 군주라던 아가사를 가리켜 물었다.

"맞.습.니.다."

"그리고 너와 엘라는 서로 적이군."

히죽.

란테모스가 끔찍한 미소로 대신했다.

한편, 란테모스가 걸고 있는 목걸이에서 계속 갓난아기의 울음소리가 느껴졌다.

정말로 그것이 이 세상에 음성으로 현존하는 것은 아니었으나, 내 미간의 할라를 통해 들어오는 것이 있었다. 그래서 들리는 것이 아니라 느껴졌다는 표현이 정확했다.

"잘못은 네놈 쪽이 한 것 같군. 악인이 되었어. 란테모스."

내가 말했다.

"누.가.누.구.에.게.하.는.말.이.냐."

역시!

그 계집이나 이놈이나 전부 건방져져 버렸다.

나는 신경질이 난대로 붉은 탄지 하나를 날려 보냈다.

화아아악!

란테모스도, 지팡이 대신 건 목걸이 또한 확실히 반응했다. 갓난아기의 울음소리가 사방에서 메아리치던 것은 잠깐이었다. 울음소리가 멎은 찰나 검은 결막이 생성돼서 그를 둘러쌌다.

탄지가 부딪치는 순간, 검은 결막과 함께 탄지가 소멸되며 갓난아기들의 고통스러운 울음소리가 더 시끄럽게 확장돼 나왔다.

탄지와 그의 결막이 생성되고 같이 소멸되길 몇 번 반복됐다.

"키.키.키."

란테모스가 기분 나쁘게 웃으면서 시동어 하나를 읊었다.

나는 일부러 탄지에 십일성 공력만을 실었던 것처럼, 녀석의 마법도 완성되도록 두었다. 약속된 이치에 따라서 자연의 기운이 움직이는 게 느껴졌다. 목표는 내가 아니다.

아가사 일행 쪽으로 고개를 확 틀자, 그네들의 각기 다른 반응들이 한눈에 들어왔다.

아가사는 나무집 지붕 위로 솟구치고 있었고, 아가사에게 걷어차인 남자는 숨이 끊긴 채로 튕겨 날아가고 있었다. 문제는 그 둘이 아니라 청색과 적색의 의복 차림인 네 남녀다.

하나가 제 목을 칼로 그어버리며 자결한 그때, 나머지 셋이 나를 향해 달려들었다. 공력이 담겨 있지 않아 있으면서도, 초인적인 힘으로 휘둘러진 검들에서 벌써 압풍이 뻗친다.

수도에서 날아간 검기가 그 셋 전부를 양단하고 지나갔다.

두 동강 난 그것들의 몸들이 피와 내장과 함께 떨어지던 순간.

란테모스의 두 번째 마법이 완성됐다.

이번 목표는 나였다.

나는 순간에 정수리로 쏠려 들어오려는 뭔가를 극염의 기운으로 지워 버린 후, 란테모스를 쳐다봤다.

란테모스는 그의 마법이 파훼된 시점에서 멈춰 있다가 세 번째 마법 결정을 뱉었다. 놈의 능력은 대충 파악이 되었으니, 더 이상 건방진 장난을 받아 줄 이유가 없었다.

죽이지는 않는다.

쉐에에엑.

날아간 그대로 마법 결정을 갈라 버린 다음, 녀석의 흉물스러운 목걸이를 잡아 뜯었다.

작고 작은 해골들이 지면 위에 도르르 구른다. 그리고 나는 녀석의 목을 움켜쥐며 말했다.

"무엇이 즐겁지?"

란테모스는 고통에 온 얼굴을 일그러트리면서도, 입만큼은 미소를 띠었다.

그때 손 안이 공허해졌다.

란테모스는 악령(惡靈) 같이 검은 기운으로 변해 쑥 빠져나갔다.

스스스.

동시에 그것과 접촉된 손바닥에서 따끔한 자극이 일었다.

염산이 가득 찬 비커 속에 손을 담갔다가 빼낸 기분이었으며, 실제로도 가만히 놔두면 피부가 녹을 것 같았다.

대지도 꿀렁거리며 늪처럼 변해, 내 몸을 그 안으로 잡아당기려는 것이었다.

제법이다. 란테모스. 백 년의 세월을 헛되이 보내지 않았구나.

그러나 녀석에게는 실로 억울한 일이겠지만, 내게는 그 모든 게 장난처럼 느껴졌다.

멀어져가던 검은 기운들이 다시 이쪽으로 쏠리기 시작했다. 내 힘에 의해서였다.

안개처럼 퍼지려는 검은 기운에 압력을 가했을 때였다. 본연의 모습으로 되돌려진 란테모스가 하늘에서 뚝 떨어졌다.

쿵!

란테모스는 사지가 비정상적으로 꺾여, 바로 일어나지 못했다. 싫증 나서 버린, 어느 못된 아이의 장난감 같은 꼴이었다.

이번만큼은 녀석도 미소를 잃었다.

건방지게도.

이렇게 되리라고는 예상하지 못했었는지, 흐릿한 두 안구가 혼란스러운 감정으로 파르르 떨렸다.

한편, 그만큼이나 큰 감정의 물결이 나무집 지붕 위에서도 전해오고 있었다.

경악에 젖은 아가사가 여전히 거기에 있었다. 그녀로서도 거의 이백 살 먹은 이 사악한 마법사가 이렇게 속절없이 무너지리라곤 조금도 생각지 못했던 것 같다.

그러나 멍하니 있지만은 않고, 지금을 기회로 여긴 모양이다.

휘휘휙!

아가사가 란테모스의 미간을 노리며 허공을 꿰뚫듯이 날아왔다.

나는 그때 정말 아가사를 죽여 버릴 뻔했다. 가까스로 마지막 순간에 방향을 틀고 힘을 거뒀기에, 아가사는 그 검을 들고 있던 오른팔 하나만 잃는 것으로 끝났다. 땅으로 떨어져 뒹구는 그녀를 내버려 두고 란테모스 앞으로 이동했다.

"마음에 드는 게 하나도 없군."

나는 그렇게 말하며 란테모스를 차올렸다.

녀석은 높은 곳에서 떨어지면서 피해를 흡수할 어떤 마법을 펼친 것도 아니었는데, 그는 피골이 상접한 앙상한 외모와는 달리 강골(強骨)이었다.

상식적으로는 탈골되는 것에 그치는 게 아니라 뼈마디가 조각조각 나고 탈장까지 이어져야 했다.

퍽. 퍽. 퍽. 퍽!

네 번의 격타(擊打).

비틀렸던 녀석의 사지가 제대로 맞춰졌다. 나는 녀석의 목을 낚아채 내 앞에 세웠다.

녀석이 보이는 눈빛에서 녀석과 처음 만났을 때가 떠올랐다. 몰골은 완전히 달라졌어도, 제 마법이 파훼 당했던 당시와 흡사한 눈빛이다.

"크큭. 나를 이길 수 있을 것 같더냐?"

녀석의 눈빛이 본래대로 돌아왔다고 생각 들었다.

"죽! ……죽일 수 있을 때 죽여야 합니다."

아가사의 목소리였다.

그녀가 잘린 팔에서 피를 사정없이 흘려대면서도 걸어오고 있었다. 아직도 주제를 깨닫지 못한 계집을 날려 버린 다음, 란테모스에게 턱짓해 보였다.

어떤 말이라도 해 보라는 뜻이었다.

그런데 녀석의 입이 살짝 열리던 찰나, 녀석의 몸이 무너지는 것이 아닌가?

녀석이 걸치고 있던 로브가 땅으로 떨어졌고, 거기에서 한 줌의 재들이 퍼져 나왔다.

마법이나 그 비슷한 것에 의해 일어난 일이었다면, 사전에 차단할 수 있었을 것이다. 하지만 어떤 징후도 없이 그냥 그렇게 되어 버린 일이었다.

나는 얼굴을 구기며 발끝으로 로브와 재를 훑었다. 아무 일도 일어나지 않고 잠잠하기만 하다.

설마 자결한 것은 아니겠지?

만일 이것이 내게서 도망치는 수단이라면, 그 부분에 있어서만큼은 나를 뛰어넘는 셈이다.

이렇게 황당할 데가.

이에 대한 대답은 아가사가 가지고 있으리라. 그녀에게로 몸을 틀었다.

아가사는 수풀에 뻗어 있었다. 잘린 팔에서 계속 흘러나온 피가 그녀의 주변에 흥건했다. 단숨에 그리로 이동했다.

"얼마나 걸리지?"

메모라이즈 해 뒀던 마법은 진작에 바닥났다.

"……한 시간이면 됩니다."

그녀는 죽은 것처럼 가만히 있으나, 그녀의 선천진기는 그 어느 때보다 활발히 회전하고 있었다.

"기다리지."

\*       \*       \*

아가사의 팔이 재생된 것은 아니었다.

하지만 과다출혈에 의한 쇼크나 감염 따위가 없이 빠르게 지혈돼서, 정상적으로 움직이기에 충분할 만큼 회복됐다.

움직이기 시작한 아가사는 그녀가 데려왔던 사람들의 시신부터 수습했다.

하나 남은 손으로 그들의 내장을 쓸어담고, 발로 간단히 땅을 패서 내장과 함께 시신들을 묻었다. 냉정한 아가사는 그녀의 남자를 묻을 때에도 감정에 조금의 기복이 없는 모습을 보였다. 란테모스를 두려워하던 모습과는 몹시 상반된 모습이었다.

나는 차분하게 기다렸다가 물었다.

"란테모스는 어떻게 된 거지?"

"죽었습니다."

아가사는 아직 피부로 매워지지 않은 절단면이 보기 싫었는지, 제 옷을 뜯어 절단 부위를 돌돌 말며 대답했다.

"하지만 때가 되면 다시 살아날 겁니다."

그럼 죽은 게 아니지.

나는 차가운 얼굴로 말장난 치는 이 얼음 공주가 마음에 들지 않았다.

"나머지는 차후에 듣지. 이제는 네가 나를 지킬 시간이다. 네 팔도 그때 고쳐주마."

마침 혼자 조용히 있을 창고가 보였다. 무엇보다도 전

비(全備)하는 것이 우선이다.

*　　*　　*

고오오.

단전을 가득 채운 내공이 극(極)에 달했다.

메모라이즈마저도 끝마쳤다. 체내의 강렬한 기운이 가져다주는 기쁨만큼이나, 지난 이틀 동안 나를 방해하지 않은 아가사가 새삼 기특했다.

이제 이 세상에서 위협거리라고는 그다지 없었다. 드래곤이 떼로 뭉쳐 오거나, 옥제황월과 백운신검의 합일체가 달려들지 않는 이상 말이다.

물론 옥제황월의 생사 여부와, 살아 있다면 지난 백여년간 놈이 이룬 경지가 문제긴 하겠지만…… 엘라도 란테모스도 생존해 있는데 놈도 그렇겠지?

나는 어깨와 머리에 가라앉은 먼지를 날려 버리면서 창고에서 나왔다.

아가사는 태양을 등지고 고고히 서 있었다. 그사이 깨끗한 옷으로 갈아입은 그녀의 한 팔이, 채워진 것이 없어 바람에 펄럭거렸다.

아가사가 끼익거리는 문소리를 듣고 고개를 돌렸다.

나를 보는 그녀의 눈빛이 부쩍 달라져 있었다. 이틀 전, 란테모스를 간단히 제압한 것도 그렇지만 운기행공 도중에 미친 극한 열기를 그녀도 느껴 왔던 것이다.

그녀는 말없이 고개만 살짝 끄덕여 보인 다음, 한 이름을 불렀다.

"로투."

집주인 사내의 이름이 로투인 모양이다. 아가사가 그 이름을 부르자 사내가 나왔다.

"나오셨다."

아가사가 말했고, 사내가 대답했다.

"예. 군주님."

주종 관계가 벌써 확실했다.

나는 로투가 준비한 목욕물에 몸을 씻고, 깨끗한 옷으로 갈아입은 뒤 식사도 마쳤다.

쓸모가 없어졌다고 해도 흑천마검의 일부분인 이상, 그 조그마한 파편을 잃어버리지 않기 위해서 가죽 주머니에 담아 허리에 묶었다. 하지만 묵자마자 그것으로는 석연치 않다는 생각이 들었다.

고민할 것 없이 윗가슴을 엄지손톱 크기만큼만 절개하고, 그 안에 파편을 집어넣었다. 상처가 빠르게 아물며 이물질을 토해내려 하지만, 파편을 잃어버리지 않는 확실한 방법은 이뿐이었다.

나는 이물질을 토해내려는 신체의 움직임을 멈춘 다음, 다음 명령으로 건너뛰게끔 했다. 매끈한 피부가 그 위를 덮었다.

마지막으로 아가사를 불러, 그녀에게 3시간에 걸쳐 만든 재생 마법 결정 하나를 소비했다.

하얀 빛무리 그리고 자라난 팔.

그러나 제 어미만큼이나 건방진 아가사는 고맙다는 말도 없이, 로투를 물리친 다음에 이렇게 물었다.

"대모와는 어떤 관계십니까?"

"아가사. 몇 살이냐?"

"여든하나입니다."

하지만 외모만큼은 삼십 초, 성숙한 은발의 미녀.

어쨌든 아가사는 엘라가 나와 떨어진 지 삼십 년 이후에 낳은 딸이라서 더더욱이 감출 것도 없었다.

"그럼 최근 역사만큼은 조예를 갖추고 있겠군."

백 세는 넘지 않았으니 살아 있는 화석이라고는 아니라고 해도.

"내가 네 대모와 어떤 관계인지 궁금하겠지. 나도 듣고 싶은 게 있으니, 먼저 묻지."

엘라와 란테모스가 척을 지게 된 이유도 그렇지만, 그

보다 더 듣고 싶은 답이 있었다.

"공통력 425년. 마루스 대 제국이 여덟 개의 왕국으로 나누어졌다. 당시의 황제가 누구냐?"

내게는 두 가지 별칭이 있었지.

찬탈자 크랑크하이트와 카이저 트라혜. 전자는 악명에 의한 것이고 후자는 내 무위를 추존하는 의미에 붙여진 것인데.

아가사는 후자 쪽으로 대답했다.

"카이저 트라혜가 마루스 대 제국의 마지막 황제입니다."

아가사는 여든의 나이에 대설원의 군주라는 입지적인 인물이다.

그러나 그녀의 위로 경외하는 대모가 있고, 이렇듯 대모의 명령을 수행해 왔기 때문에 나를 존대하는데 어려워하지 않았다.

아가사는 귀찮거나 황당해하지 않고, 공손하게 대답했다. 다만 '왜 이런 걸 묻는 것일까?',쯤의 의아함은 느낄 수 있었다.

그때부터 아가사의 눈빛이 흔들리기 시작했다.

"공통력 428년."

그것만 말했을 뿐인데, 아가사는 본인도 모르게 저 너머의 거산을 바라보았다. 아가사가 묻지도 않은 걸 대답했다.

"다섯 신 중 한 분께서 깊은 잠에 드시고, 그분의……."

드래곤의 죽음이 전설이 아닌, 확실한 사실로 민간에 알려졌군.

하지만 내가 듣고 싶은 건 그게 아니다.

"그만. 공통력 428년 이후, 카이저 트라혜의 행적이 남아 있나?"

있다면 그때부터는 내가 아니라, 옥제황월이 한 짓이다.

"무슨 말씀인지……."

아가사는 무슨 말인지 알면서도 말꼬리를 흘리며 반문했다. 그녀는 이미 지레짐작하고 있는 바가 있었다. 나는 그녀의 빤히 보이는 속셈을 모른 체하지 않고 말했다.

그래.

"나는 한때 찬탈자 크랑크하이트, 카이저 트라혜라고 불렸다."

"…!"

아가사의 동공이 확장된 그대로 멈췄다.

제3장

주인님

"하지만 나를 그 이름으로 부르지 마라."

내가 말했다.

겨우 냉정을 되찾은 아가사는 침착하게 내 얼굴을 살폈다.

그녀는 내 말을 믿는 한편, 내 외모가 옛 제국의 정통 (正統) 혈족다운 외모가 아니라는 점에는 의문을 가지는 것 같았다. 그러나 무엇도 묻지 않고 내 말에 따르겠다고만 짤막하게 말했다.

그러고는 내가 본래 물었던 질문에 대해서도 대답했다.

"전하의 행적에 대해선 알려진 바가 없습니다."

없다고?

그 사실을 긍정적으로 받아들여야 할지, 부정적으로 받아들여야 할지 지금 당장으로선 판단이 서지 않았다. 대신에 이렇게 말했다.

"전하라고도 부르지 마라."

나는 옥제황월의 탈을 썼었던 신분 따위에, 조금의 애정도 없었다.

아가사가 조용히 있다가 말했다.

"제게도 들려주셔야 할 대답이 있습니다."

"네 어미가 원치 않을 텐데?"

그래도 아가사의 표정에 변함이 없다.

엘라가 아가사를 보낸 것을 보면, 아가사는 엘라의 딸들 중에서 가장 총애 받는 자식이었다. 그러나 나하고는 상관없는 일이었다.

"네 어미는 내 종이었다."

"……백 년도 전에 말이지요."

그러나 내뱉은 말과는 달리, 충격을 받은 것이 틀림없었다.

그녀의 왼쪽 눈 아래 근육이 실룩실룩거렸다.

\*　　　\*　　　\*

로투는 짐밖에 되지 않았다. 우리를 따라오지 못하게
했는데도 녀석이 감격에 젖어 몸을 떨었던 이유는, 보상
차원으로 총단에 들어갈 수 있는 자격을 부여했기 때문이
었다.

나는 산을 내려오면서 아가사에게 지난 백여 년간 두 행
성을 이끌어 왔던 주요 사건들에 대해 간략하게 들었다.

마법왕국 스타리움의 건국과 제2차 행성 전쟁.

그리고 '선택된 것'들에 대해서도 들었고, 엘라와 란테
모스가 적대 관계에 있게 된 이유도 알게 됐다.

백 년이란 시간은 무슨 일이든 가능하다지만, 그렇게나
탑외인을 경멸하던 란테모스가 탑외인의 지배자로 군림하
고 있다는 사실은 조금 의외로 다가왔다.

직전에 녀석을 만나지 않았더라면, 나는 아가사가 어떤
꿍꿍이로 나를 속이려는 것이 아닌지 의심했었을 것 같았
다.

산에서 내려온 우리는 드래곤의 사체가 변해서 만들어
진 거산을 크게 우회했다.

거산은 신의 안식처, 라는 이름으로 불리고 있었으며
당시에 유일하게 피해를 입지 않은 화전촌 하나는 대도시
로 변해 거산 후방으로 감춰져 있었다.

그리고 거기에 행성 이동이 가능한 '프레치아' 정거장이 있었다.

소란이 일었다.

성(星) 라이제에서 대모의 친딸이 프레치아를 타고 왔다는 소식이, 이곳 권력층들에게 어떻게든 알려진 것 같았다.

권력층들이 대동한 호위들은 전대(前代)처럼 후천진기를 수련한 것들로 주를 이루고 있으나, 개중에도 선천진기를 수련한 여자 기사들이 있는 걸로 봐서는 확실히 선천진기 수련법이 넓게 퍼져 있다 할 수 있었다.

우리는 전부 무시하고 프레치아에 탑승했다. 이쪽 세상에서 수년을 지냈던 나지만, 프레치아를 타보는 것은 이번이 처음이었다.

백 년 전까지만 해도 프레치아는 1차 행성 전쟁의 잔재(殘在)로 좀처럼 보기 힘든 것이었으나, 지난 백 년 사이에 2차 행성 전쟁이 있었다. 그때 개체 수가 확 늘어났을 게다.

프레치아의 작동 원리는 이 세상 사람들의 말 따라, '태초에 다섯 신이 애용하던 길'을 빌려 쓰는 것이다. 과학적인 것이 아니라서 관심을 껐다.

프레치아를 떠올리는 힘이 느껴졌다. 정거장에 새겨진 약어의 문장들에서 나오는 것이었으며, 대번에 속도가 폭발했다.

선천진기를 뛰어나게 수련한 아가사도 순간 몸이 뒤쪽으로 쏠리는 게 보였다.

사실.

우주에서도 생존 가능하게 된 나는, 게이트와 극(極) 텔레포트 그리고 프레치아 따위가 아니라도 성 라이제로 갈 수 있기는 했다.

문제는 행성 간의 거리지.

*　　　*　　　*

휘이이잉.

성(星) 라이제의 거친 눈발이 우리를 반겼다.

모든 게 꽁꽁 얼 혹한이지만, 아가사도 나도 추위를 타지 않았다.

우리는 빠르게 설원을 넘고 넘었다. 그때까지도 아가사는 내게 단 한 마디도 먼저 걸지 않았는데, 정확히는 제 어미가 내 종이였다는 말을 듣게 된 이후부터였다.

총단의 본거지는 얼지 않는 땅, 곡식이 자라는 풍요로운 땅에 위치해 있었다.

농토가 광활하고, 도시를 보호할 장벽이 높고, 상징이 달린 깃발도 강건하게 휘날리며, 낯빛 밝은 백성들도 많다.

엘라가 세웠다는 이 도시 국가의 첫인상이 나쁘지 않았다.

광란의 파티가 없다는 것도 그랬다.

본격적으로 성으로 들어간 이후.

나는 선천진기의 수련 방법으로 성교를 하고 있는 것들을 느끼는 동시에, 그들의 성교가 철두철미하게 밀폐된 특정 장소에서 단 한 명의 카이파(할라의 수련 상대)만 두고서 이루어지고 있음 또한 알아차릴 수 있었다.

한편 개방된 장소에 있는 수련도들은 병기와 체술을 수련하는 데 열중이었으며, 그 인원만 이천은 족히 넘었다.

겉으로는 융성한 도시 국가, 하지만 실체는 거대 군사 집단의 총체였다.

엘라가 그녀의 딸들로 하여금 거느리고 있는 다른 도시들까지 생각해 보자면, 엘라가 지닌 실제 파워는 그녀의 명성에 부족하지 않다고 생각했다.

"잠시만 기다려 주시겠습니까."

아가사가 두 짝의 거대 문 앞에서 모처럼 입을 뗐다.

대모의 방일 수밖에 없다.

그쪽 또한 우리가 지나쳐 왔던 복도들 같이 전부 치워져 있었다. 그래서 넓은 대리석 복도가 썰렁할 정도로 적막했다.

그런데 복도에 드리워진 전반적인 분위기만큼이나, 방 안 또한 마찬가지였다. 방 안에서 느껴지는 한 사람의 원기는 그렇게 활발하지 않았다. 오히려 느릿하게 힘이 없었다.

과연, 엘라는 내게 오지 않았던 것이 아니라 못 했던 것이었다.

"잠, 잠시!"

아가사를 무시하고 문을 밀고 들어갔다. 놀란 인영(人影) 하나가 장막을 걷으며 침대 안으로 빠르게 숨어들었다.

장막으로 비친 그녀의 그림자가 부스럭거리기에 바빴다.

"내가 왔다. 엘라."

나는 기류를 움직여 방 안으로 들어온 아가사를 밀어내고 방문을 닫았다. 기류가 크게 돌아 기막으로 형성해 방 전체를 감쌌다.

"오……랜…… 기다림……이었습니다."

몹시 노쇠한 음성이 침대 장막 안에서 흘러나왔다. 그래서 의아했다. 할라로 인해서 젊음을 유지하고 있었을 텐데?

"건방지게 얼굴을 비추지 않을 셈이냐?"

"그런 것이 아니라……."

"걷어라!"

내 목소리가 웅웅 울렸다. 그리고 끔찍한 침묵같이 조용해졌다.

엘라의 한숨 소리 뒤에, 장막이 천천히 걷히기 시작했다.

하지만 끝내 한 시점에 이르러 완전히 걷히지 않았다. 엘라는 장막 끝자락을 잡아당겨 제 얼굴을 가렸다.

주름살이 자글자글하고 검버섯이 대부분인 이마 아래로, 나를 바라보는 늙은 노인의 두 눈이 자리하고 있다.

"주……인님……."

늙고 늙어서 미동조차 할 힘이 없는 것이 아니다. 그녀는 란테모스처럼 피골이 상접하게 앙상해졌지만, 또 란테모스처럼 멀쩡히 움직일 만했다.

그런데도 힘없이 머뭇거리며 어쩔 줄을 몰라 하고 있는 이유는…….

"처음에 너는 지금보다 더 흉했다. 무엇이 부끄러운 것이냐."

나는 그렇게 말하며 장막을 치워버렸다.

엘라는 부끄러워하고 있었다. 산송장 같이 변해 버린 자신의 몰골을.

차마 나를 바라보지 못하고 고개를 숙이고 있는 이 노파에게서, 여성성을 되찾은 당시의 엘라가 보이는 것 같았다.

"가리고 싶어요."

엘라가 말했다. 너무나도 바라는 마음이 느껴져서, 나는 고개를 끄덕였다.

엘라의 손짓에 의해서 침대 장막이 뜯겨져 나와 그녀의 얼굴을 돌돌 감았다. 그제야 엘라는 만족스럽다는 듯이 얇은 미소를 띠었다.

엘라가 구부정히 앉았고, 나는 그런 그녀의 앞으로 좀 더 다가갔다.

"내가 올 것을 알았더군. 선지안을 뜬 것이겠지?"

"다행이에요. 선택이 틀리지 않았어요……."

엘라가 미소 지었다.

외관만 늙고 늙었지 소녀만큼이나 밝은 미소였다.

나는 뭔가 느껴지는 게 있어서, 엘라의 손목을 확 잡아 끌었다.

엘라의 몸까지 힘없이 딸려 왔다.

선천진기의 움직임에 비해 아직은 왕성한 경맥(硬脈).

거기서 그치지 않고, 엘라의 몸에 공력을 불어넣어 크게 돌렸다.

엘라는 놀랄 법도 했지만 조금도 놀라지 않았고 내가 하는 대로 내버려 두었다. 이윽고 나는 그녀의 선천진기가 쇠약해진 이유를 알게 깨달았다.

선천진기가 쇠약해진 건 그리 오래되지 않았다. 그때 젊음을 잃었을 것이다.

엘라는 일평생 중완의 할라를 주력(主力)으로 수련해 왔었는데, 내 기운에 의해 자극된 그녀의 선천진기는 오히려 미간 쪽에서부터 돌았다.

주화입마와 비슷하다.

무리하게 미간의 할라를 중심 삼아 선천지기를 돌렸다.

결과적으로 선지안은 얻었지만 시한부 조건이다.

선천진기가 지금보다 더 쇠약해질 것이고, 어느 수준에 이르면 강제로 얻어 낸 선지안을 잃게 될 것이며, 마지막으로 숨까지 끊긴다.

"이렇게까지 한 이유가 뭐지?"

목숨보다 소중한 건 없다.

그것이 선지안이라고 해도 말이다.

"……."

엘라는 대답하지 않는다.

하지만 충만한 기쁨과 부끄러움이 혼재된 눈으로 시선을 돌렸다가, 다시 나를 쳐다보길 반복하는 엘라를 보니 답이 나왔다.

"나 때문이군."

"그런 말씀 마셔요. 지난 세월들은……."

엘라가 말하다 말았다. 그녀의 두 눈이 지난 백여 년의 세월을 좇기 시작했다. 한없이 깊어지다가도 이따금씩 놀라운 살의(殺意)를 뻗쳤고, 나를 쳐다보면서 다시 수줍게 변하는 것이었다.

"이제 여한이 없어요."

유일하게 드러난 노쇠(老衰)한 눈이 촉촉하게 젖어 들어갔다.

백 년이 넘는 기다림이라······.

나는 내게 순정(純情)을 바친 이 가녀린 노파를 안았다.

엘라가 놀라서 온몸을 움찔했다. 그녀가 나를 밀어내는 이유는 별것도 아니었다. 본인에게서 늙은이의 냄새가 난다는 것이다.

그러나 나는 더 깊숙이 끌어당겼고, 나를 밀쳐내려던 품 안의 움직임도 사라졌다.

엘라가 조용해지며 과거로 돌아갔다. 이제 내 안에 안겨 있는 여인은 검버섯이 핀 늙은 노파가 아니라, 그저 부끄러움이 가득한 소녀였다.

처음에 데려왔던 그 창녀도 아니다.

그보다 더 오래.

나를 만나기 전에, 창녀가 되기 전에, 조그마한 일에도 꺄르르 웃을 수 있었던 수줍은 소녀 말이다.

"네게 직접 듣고 싶구나. 어떻게 살아왔느냐."

*　　　*　　　*

"주인님께서 돌아오시지 않은 지, 꽤 지난 어느 날이었지요."

엘라는 거죽만 남은 손으로 버릇처럼 침대 장막을 눈 아래까지 끌어 올렸다.

"천 명이 넘는 마법사들이 성으로 들이닥쳤지요. 그들은 모두 오정국 소속이었어요."

백 년도 지난 일이 아직도 생생한지, 엘라의 목소리에 적의(敵意)가 깃들어서 나왔다. 그다음으로 란테모스의 이름이 언급되면서부터 엘라의 손에 힘이 들어갔다.

"란테모스가 저를 데리고 도망치면서 말했던 게 기억나요. '주인님께서 남기신 게 네가 유일하니, 너를 데리고 가야겠다.'"

엘라가 계속 말했다.

"란테모스는 주인님께서 돌아오시면, 란테모스보다도 저를 먼저 찾아올 거라고 생각했던 것 같았습니다. 저와는 생각이 같으면서 달랐지요. 우리는 그렇게 오 년이 넘는 시간 동안 같이 있었어요. 성 라이제에 있는 란테모스의 별채 중 한 곳에서요."

"그 오 년 동안 아할이 마법왕국 스타리움을 개국하기에 이르렀지."

내 실종이 기정사실로 받아들여지던 무렵, 궁정마법사 아할이 오정국의 전력(全力)을 위시로 하여 최측근으로 유일무이했던 란테모스를 축출하였다.

그리고 일곱 번왕이 정통(正統)을 주장하며 국지전을 시작했는데.

성(星) 마루스 전역이 전란에 휩싸인 지 오래, 아할과 오정국이 마법사 제적 공화제를 채택하고 마법 왕국 스타리움의 개국을 선포한다.

"나중에야 안 사실이지만, 란테모스는 체이스 왕국의 두 공작을 죽였던 일로 인해 무척이나 곤란한 상태였어요. 그 때문에 성 라이제에서도 대외적인 활동을 하지 않았었죠. 하지만 아할을 향한 란테모스의 질시와 복수심이 대단했어요. 그래서 아할이 마법왕국 스타리움의 초대 현자로 추대를 받게 되었다는 소식을 알게 되었을 때만큼은 참을 수 없었겠지요."

엘라는 회한(悔恨)과 흡사한 눈빛을 보이며 고개를 저었다.

"주인님께서 그러셨다는군요. '죽지 않는 대마법사'가 되라고……."

그랬던 적이 있었다.

그것으로 란테모스의 몰골이 설명된다지만, 그렇게나 내 말을 충실히 따랐으면서도 나를 공격했던 이유는 무엇인가.

"그러니 저도 주인님이 바라는 상(象)이 무엇이었는지 스스로 고찰하고 노력을 다하며 정진해야 한다고 했습니다. 말은 좋았지만, 떠나야만 하는 구실을 찾고 있었던 것 같았죠. 그는 통제하지 못할 감정에 사로잡혀 있었거든요. 그렇게 그가 떠나고, 저는 그가 다시 돌아오지 않을 거라는 걸 알았습니다. 그때 너무도 기쁘고 안심했었네요."

"너를 줄곧 괴롭혔었나?"

"그렇진 않았을 거예요. 저는 주인님이 남기신…… 것이었으니까요."

엘라는 애매하게 대답하고, 말을 이어 나갔다.

"란테모스가 떠난 뒤 저도 저택에 있을 이유가 없었어요. 란테모스에게 겁간(劫姦) 당하는 것을 두려워했었지만……."

엘라는 말실수를 한 게 분명해서, 당황스러운 빛을 띠었다.

"그렇다고 란테모스에게 겁간을 당한 적은 없었습니다.

하지만 그는 분명 그렇게 변해갔었죠. 성욕 때문이 아니라, 제가 강해진 이유가 무엇이었는지 진작부터 알고 있었으니까요. 출신은 더러운 창녀였지만 다른 남자에게 안기지 않을 거라고 각오했던 때라서, 란테모스가 저를 겁간할까 봐 두려웠습니다. 하지만 저택 밖으로 나온 이후에 결심이 달라졌던 것 같네요."

"……."

"지금과는 달리, 그때는 성 마루스에 가기 위해서는 돈만 있어서는 안 됐죠. 그래도 돈이 없어서는 생각도 못 하는 일이었기 때문에 이런저런 일들을 했었습니다. 세상의 돈이 전쟁에 몰려 있다는 것을 알기까지, 그렇게 오래 걸리지 않았지요."

엘라는 중간의 이야기를 건너뛰었지만, 나는 알 수 있었다.

그때부터 엘라는 수련을 계속했다.

그때부터.

"할라 수련법이 전파된 것이겠군."

엘라가 나를 빤히 응시했다.

"그는……그는 아주 똑같았어요."

그런 다음 엘라는 입술을 닫았고, 나는 재촉하지 않았다.

"그를 처음 봤을 때, 저는 주인님인 줄 알고 그대로 달려가 껴안았어요. 저 자신을 주체할 수 없었고 계속 울었던 게 기억나요. 하지만 그는 주인님이 아니었지요. 성 마루스에서 마법사의 시종 겸 노예로 왔다가, 전쟁 노예상에게 되팔린. 그저 주인님과 똑 닮은 노예에 불과했었죠. 정신을 차리고 보니, 모았던 돈을 전부 그를 구입하는 데 쓰고 있었어요."

"그는 살아 있나?"

나는 동요하지 않고 물었다.

"란테모스는 저와는 또 달랐어요. 주인님이 아니라는 것을 대번에 알아차리고, 바로 죽이더군요. 그때 저는 란테모스를 막을 수 있을 만큼 할라를 원숙하게 수련하지 못했었어요."

엘라가 내 표정을 읽어 말을 이었다. 어쩐지 슬퍼 보였다.

"그런데 그 일만큼은 란테모스가 옳았었네요……."

나는 감정을 숨기지 않은 그대로, 얼굴을 일그러트리고 있었다. 나와 똑 닮았다는 사람은 젊은 시절의 전대 교주로 충분했기 때문이다.

"그때 알았더라면 란테모스와 저는 조금 달라졌을 수도 있었을 테지만…… 세월이 이렇게나 흘러가버렸네요."

엘라가 부족한 설명을 덧붙였다.

"란테모스와는 '마법 전쟁 3년'에 성 마루스에서 마주쳤어요. 12년 만이었죠. 주인님과 꼭 닮았던 그를 만났던 날로부터는 10년이 지난 거죠."

아가사가 들었던 이야기에 따르면.

공통력 439년.

바야흐로 오정국 만의 독립국이 된 마법왕국 스타리움을 주축으로, 성(星) 마루스에서 오성탑을 추방하기 위한 대 전쟁이 일어난다.

이십 년이라는 오랜 전쟁 끝에 마법왕국 스타리움과 그 연합이 승리하고, 오성탑에게 일조했던 왕국들은 파국을 맞이한다.

현(現) 성 마루스의 큰 정세는 그때 확립되었다고 해도 과언이 아니었다.

"마법 전쟁이 발발하기 이전부터 저는 그와 함께 성 마루스에서 주인님의 흔적을 계속 쫓고 있었어요. 마법 전쟁에 참전한 이유도 그래서였죠. 전쟁에 모이는 건 돈만이 아니니까요."

사람이 모이고, 정보가 모인다.

나는 고개를 끄덕여 물었다.

"그래서 내 흔적을 찾았나?"

"예. 하지만 저는 란테모스보다 언제나 한발 늦었어요. 돌이켜 보면 란테모스는 '선택받은 것'들의 존재가 세간에 알려지기 전부터, 그것들을 알고 있었어요."

"란테모스는 내가 드래곤과 싸우고 있다는 사실을 알고 있었다. 거기서부터 시작했겠지."

문득 엘라가 희미한 눈웃음을 지었다. 그러나 내게는 그녀의 자글자글한 눈주름이 흉하게 보이지 않았다.

엘라는 세간의 오해를, 본인만이 알고 있는 비밀을 재미있어했다.

"당시에는 고위급 마법사들 사이에 그런 풍문이 돌았었지요. 하지만 빠르게 사장됐고, 지금은 누구도 기억하지 않는 이야기예요. 인간이 신을 죽였다니, 그렇겠지요. 들려주시겠어요? '선택받은 것'들은 주인님께서 드래곤을 죽이면서 비롯된 것이지요?"

흑천마검이 삼키려던 인과율의 조각을 토해 내게 하면서 일어났다.

터져 버린 인과율의 조각들이 더 작은 파편들로 변해 사방으로 흩어졌고, 그것이 이 세상에 깃들며 '선택받은 것'이라는 이름으로 드러났다. 그리고 마법 전쟁 당시에, 세상이 그 존재를 알게 된다.

"그래."

하지만 이 세상 사람들은 그 일과는 무관하게, 어느 날 갑자기 펼쳐진 신의 권능이라고 생각하고 있었다.

내가 확실하게 말해 주자, 엘라는 다시금 즐거워했다.

"주인님과 닮은 그를 잃고 저는 많이 괴로워했던 것 같아요."

엘라가 다시 이야기를 시작했다.

"그런데 그가 죽어서는 아니었어요. 그는 주인님이 아니었으니까요. 그때 그 마음은 무엇이었는지 모르겠어요. 주인님이 더……."

아마도 '그리워진 것이겠죠.' 라고 말하려던 것 같았다. 그러나 엘라는 그 말만큼은 삼킨 다음에, 그 뒤의 이야기를 이었다.

＊　　　＊　　　＊

엘라는 많은 자식들을 두었다. 하지만 공식적인 남편은 없었다. 그녀가 남편을 두지 않은 이유야 구태여 듣지 않아도 알 것 같았다.

"제2 차 행성 전쟁에서, 저는 딸들과 함께 성 라이제의 편에 섰어요."

'인과율의 조각의 조각들' 로 비롯된 전쟁이 공통력 501년에 발발한다.

그때 엘라의 나이가 백 세가 넘고, 그녀는 대모라 불리고 있었다.

"마법 왕국 스타리움의 영토는 본래 주인님의 것이었죠. 저는 참전의 조건으로 라이제의 왕국들에게 마법 왕국 스타리움의 영토를 약속받았지요. 그때 우리는 거의 이겼었어요."

"하지만 란테모스와 탑외인들이 끼어들었다고 들었다."

"너무도 오랫동안 소식을 알 수 없어서, 저는 란테모스가 수명을 다했다고 판단하고 있었어요. 하지만 란테모스는 죽지 않는 대마법사가 돼서 나타났어요. 그리고 우리는 란테모스가 사악한 탑외인들을 어떻게 다스리는지 제대로 볼 수 있었죠."

엘라는 거기까지 말하고 창밖으로 시선을 돌렸다.

푸른 창공.

엘라의 눈이 좀 더 먼 곳을 좇았다. 그녀의 미간에 도는 선천진기가 지금까지와는 다르게 왕성하게 돌기 시작했다.

엘라의 입술이 천천히 열렸다.

"하지만 그로부터도 오래 지나버린 지금. 그래요. 지금은 알겠어요. 란테모스는 하수인에 불과했어요. 주인님……."

엘라의 시선이 다시 내게로 돌아왔다. 미간에 돌고 있던 선천진기가 잠잠해졌다.

갑자기 팔이 가려워진 그녀는 제 팔을 살짝 긁었다. 본인이 어떤 상태인지 엘라 또한 알고 있어서 그냥 스치는 정도에 불과했는데도, 피부가 찢기며 피가 방울져 맺혀 나왔다.

핏방울이 그녀의 팔에서 굴러 하얀 침대 장막 위로 검붉게 번졌다.

엘라가 미간의 할라를 쓸 때마다, 그녀의 죽음이 앞당겨지고 있다. 나는 계속 말하려는 그녀의 말을 막고, 재생 마법 하나를 그녀에게 시전했다. 하얀 빛무리가 긁혀진 상처를 덮었다.

"조심하거라. 할라를 더는 사용하지 않는 게 좋겠다."

"란테모스 위에 있는 자가 있어요."

엘라가 계속 말했다.

"지금까지는 그자의 존재를 모르고 있었어요. 모두 란테모스가 꾸미는 일이라고만 생각했었는데…… 너무도 희미하네요."

하지만 엘라는 지난 세기의 일들을 송두리째 바꿔 버릴 수 있는 사실 앞에서도 차분했다.

"그만두어라."

엘라에게 고개를 가로저으며 한 번 더 말했다.

"그자는 필시, 내 적일 것이다. 옛 마루스 제국의 마지막 황제. 그 거죽을 기억하고 있겠지?"

"글쎄요."

"무슨 뜻이냐?"

"인간이 아닐 수도 있어요. 신들이나 마족일 수도 있습
니다. 확인을 해 봐야겠어요."

"안 돼. 시간이 지나면 차차 알게 될 일. 구태여 네 생
명력을 쓸 필요가 없단 말이다."

"주인님. 란테모스가 하수인에 불과하다는 사실을, 저
도 이제야 알았어요. 시간으로는 해결할 수 있는 문제가
아니에요."

"고집이 세졌구나."

"자그마치 113년이 흘렀어요."

"그래도 나는 허락할 수 없다."

미간의 할라는 이제 그녀에게 있어서 암세포와 마찬가
지였다. 사용할 때마다 커지고 전이돼서, 결국 그녀를 죽
음에 이르게 할 것이다.

"그렇게 저 쉽게 죽지 않아요. 이제야 주인님을 뵈었는
걸요."

"안 된다면 안 되는 줄 알거라."

내 그 말이 무척이나 마음에 든다는 듯, 엘라가 빙그레
웃었다. 하지만 그녀의 미간을 중심으로 선천진기가 회전

을 시작했다.

"아시겠지만 저는 불안정한 상태입니다. 제게 개입하시면, 저는 더 힘들어질 거예요."

틀린 말이 아니었다. 그래서 나는 뻗쳤던 팔을 다시 회수할 수밖에 없었다.

엘라는 처음의 그 푸른 창공으로 시선을 돌렸다. 그녀는 직전처럼 창공 멀리, 저 너머를 보고 있었다. 의식 세계에 돌입한 것처럼 흰자위가 뒤집어까지는 식은 아니었다. 엘라의 천리안(千里眼)은 그녀를 그저 몽상에 잠긴 것처럼 보이게 만들었다.

자하라는 제 마음대로 선지안이나 천리안을 쓰지 못했지만, 젊음과 맞바꾼 엘라는 조금 다른 모양이었다.

"하아……."

어쩐지 긴 숨이 나왔다.

가슴 한편이 저리고, 그녀의 주름 잡힌 눈가에서 시선을 뗄 수 없었다. 그렇게 엘라의 시선이 다시 내게로 돌아오길 기다렸다.

그러던 그때였다.

엘라가 내 쪽으로 고개를 확 틀었다.

시선을 다시 내게로 돌린 것이었지만, 내가 바랐던 대로는 아니었다.

얼굴을 가리고 있던 침대 장막이 흘러내렸다. 그러나 엘라는 그것을 다시 추스를 생각도 없이 나를 빤히 쳐다보는 것이었다.

윤기 하나 없이 검버섯만이 가득 핀 노파의 얼굴. 그리고 서늘한 눈빛.

나는 대번에 알아차렸다.

"넌 누구냐."

그러자 노파가 온 얼굴을 일그러트리며 부르르 떨었다. 얼굴을 떠는 행동이 더 빨라지고 움직임도 불규칙적으로 툭툭 튀었다.

노파가 그러는 상태로 말했다.

"넌 오지 말았어야 했었다."

놈!

"옥제황월. 네놈이군. 아직도 살아 있었구나."

나지막하게 뇌까리긴 했지만, 나는 옥제황월의 등장보다도 엘라가 걱정됐다. 저러다 고개가 떨어져 나오는 게 아닌가 싶을 정도로, 엘라의 고갯짓이 조금도 멈추지 않고 더 과격해지고 있었다.

"내 전쟁에 끼어들……!"

말이 끝나지 않고 이어지려던 무렵, 엘라의 고갯짓이 멈췄다.

나는 침대 밑으로 넘어지던 엘라를 받아 들었다. 엘라는 힘 하나 없는 얼굴로 나를 올려다보면서 뭔가를 말하려고 했다.

　그러나 말을 끝내지 못하고 두 눈을 감았다. 순간 심장이 덜컹 내려앉았는데, 다행히 엘라의 숨이 미약하게나마 이어지고 있었다. 선천진기도 처음의 움직임에서 더 나빠지지 않은 걸로 봐서는 당장 목숨이 어떻게 될 건 아니었다.

　나는 품에 안아 든 엘라를 내려다보면서 한숨 비슷하게 말했다.

　"그러게 안 된다고 하지 않았느냐. 정말이지…… 건방져졌구나……."


＊　　　＊　　　＊


　놈은 필시 옥제황월이다

　아마도 '내 전쟁에 끼어들지 마라' 라고 말하려고 했던 것이었겠지.

　누구를 향한? 분명한 건 나는 아니다. 그렇다면 드래곤인가?

　물론 놈이 살아 있다는 가정하에 은밀하게 찾아내고 접근해서, 일격에 죽여 버릴 생각이 있었다. 그러나 지금 중

요한 건 놈을 어떻게 죽여 버릴 것인가가 아니라, 백운신
검의 행방이다.

옥제황월은 운신이 자유로운 상태로 보인다지만, 백운
신검까지 그럴 거라고는 생각 들지 않는다.

시간이 멈춘 세상은 죽은 세상이다. 드래곤들은 백운신
검으로 인해, 이 세상 시간의 흐름이 결정되어 진다는 사
실을 알고 있었다. 그래서 본인들을 이 세상의 '조율자'
라고 주장하는 만큼, 백운신검을 이 세상에 붙잡아 두기
위해서라면 어떤 수단이라도 쓸 수 있는 것들이었다. 그
런 것들이 백운신검을 자유롭게 풀어놨을 리가 없으니까.

만일 합일체의 힘이 드래곤 넷을 능가해서, 이미 옥제
황월과 백운신검이 자유로워진 상태라면?

"……."

그럼 지금 당장 나를 죽이러 왔겠지? 그 긴 시간 동안
나를 찾아오지 않은 건 둘째치고라도 말이다. 백운신검이
드래곤들의 통제하에 있다고 봐야 하는 건가. 무엇도 확
신할 수 없다.

옆에서 부스럭거렸다.

"일어났느냐."

엘라가 침대에 누워 눈을 뜬 채로, 나를 바라보고 있었
다.

나와 눈이 마주치고 나서야, 제 얼굴이 고스란히 드러나 있다는 사실을 알아차리고는 황급히 고개를 돌리는 엘라였다.

밝기만 하던 창밖이 어두워져 있었다.

낮 동안 가깝게 떠 있던 성(星) 마루스도 지평선 너머로 진작 사라졌다. 그쪽의 달빛으로 엘라의 뒤태가 드러난다. 하지만 인어 같은 곡선미를 자랑하던 뒤태가 쪼그라들고 구부러져 있다.

할라를 수련한 주제에, 추위에 몸을 떠는 그 몸 위로 이불을 다시 덮어주었다.

그러자 엘라의 목소리가 나왔다.

"성(星) 마루스에 그자가 있어요. 아가사를 데리고 가세요."

"두 번 다신 네 삶을 깎아먹지 말거라. 네 삶은 내 곁에서 의미를 찾는 것이지 않느냐."

"주인님. 저 여한이 없어요. 이렇게 주인님을 위해서……."

하지만 담담한 어투 안에서, 어쩔 수 없는 슬픔이 묻어나온다.

"자식만 십수 명을 넘게 두었습니다. 창부에 불과했던 제가 이제는 만인의 대모(代母)라 불려요. 왕국을 거느린 황제들도 제 앞에서는 쩔쩔매죠. 하지만 그럼에도 남아 있던 여한은 제 곁에 주인님이 없었다는 것뿐이었습니다. 이제는 정말 여한이 없습니다. 어차피 꺼질 초입니다. 남은 삶, 이렇게나마 주인께 일조할 수 있게 된 것만으로도……."

"내게 빚을 지우지 말아라. 네가 떠나고 남은 빚은 갚을 길이 없지 않겠느냐."

"그런 게 있을 리가요."

엘라가 웃었다.

"그만."

나는 엘라의 말을 잘랐다.

"내 할라 수련이 너보다는 깊지 않구나. 너를 다시 되돌릴 방법은 아느냐? 이전의 너로 돌아갈 방법을 말이다."

"설사 그런 방법이 있다면요? 저는 지금이 좋아요."

하지만 담담한 어투 안에서, 어쩔 수 없는 슬픔이 묻어나온다.

나와 함께할 수 있는 시간이 그리 많이 남아 있지 않기 때문이겠지.

"있느냐? 없느냐?"

"그만한 가치가 있는 일이었어요."

엘라는 없다는 대답을 그 말로 대신했다.

꺼져 가는 선천진기.

엄밀히 말하면 그 일은 이미 인간의 영역을 벗어난 셈이다.

죽은 자를 다시 부활시킬 수 없듯이.

"주인님께서 오시기 전에 봐둔 게 있어요."

엘라가 말을 이었다.

"그러니 저는 신경 쓰지 마시고, 지금 아가사와 가셔야 돼요. 주인님께 아가사를 보냈던 이유도 그 때문입니다. 아가사가 주인님의 마음에 드셨으면 좋겠어요."

"무슨 말이냐?"

"어느 날 알게 되었습니다. 모든 일에는 원인과 결과가 있고, 그 원인의 원인이 되는 태초의 하나가 있음을 말입니다."

"인과율(因果律)의 존재를 느꼈단 말이냐?"

"역시 주인님께서도 알고 계시는군요. 그렇다면 제가 무엇을 말씀드리려고 하는지 아실 테지요. 아가사는 주인님께 별 볼 일 없는 아이지만, 제가 본 그날에 아가사는 주인님 곁에 있었습니다. 그 아이가 어떤 도움이 되리라고는 생각하지 않아요. 하지만……."

"내 곁에 있었다는 사실만이, 내가 데리고 가야 하는

이유가 되는 것이지. 넌 무엇을 본 것이냐? 엘라."

"지금부터 말하려는 게 그것입니다. 주인님."

그때 엘라의 고개가 내 쪽으로 돌아왔다. 이번만큼은 제 늙은 얼굴을 가리지 않고, 깊고 깊은 두 눈을 고스란히 보였다.

*　　　*　　　*

떠나기 전, 엘라가 아가사를 앞에 앉혀 놓고 신신당부했다.

"내 주인님이시다. 그러니 너의 주인님이시기도 하다."

아가사는 현명했다.

"대모를 섬기듯 하겠습니다."

"너는 참으로 자존심 강한 아이었지. 이 대모가 왜 너를 모르겠느냐. 나를 섬기듯 하는 것만으로는 아니 된다. 진심으로 너의 주인임을 받아들여야 한다. 네 육신뿐만 아니라 마음 모두 주인님의 것이야."

"예."

그래도 엘라는 마음을 놓지 못하고 아가사를 빤히 바라보았다.

엘라의 부름에 아가사는 엘라 코앞까지 얼굴을 가져갔

다. 엘라가 그 아가사의 목을 껴안아, 이마와 이마를 대고 말했다.

"아가사. 엄마는 네가 걱정되는구나."

단 한 번도 엄마라는 말을 들어보지 못했던 것일까, 엄마라는 단어 하나에 아가사의 눈동자뿐만 아니라 전신까지 파르르 떨렸다.

"명심하거라. 너는 주인님 앞에서 미물(微物)에 불과하니, 네가 지금까지 무엇이었는지는 조금도 생각하지 말거라. 죽으라면 죽고 웃으라면 웃어야 한다."

이윽고 아가사가 간신히 대답했다.

"예…… 어머니."

나는 이 얼음공주에게 눈물이라곤 없을 줄 알았는데, 그게 아니었다.

제4장

극한의 시간대

　"마지막으로 주인님께서는 마계의 문을 열고 계셨
습니다. 아마도 그것이…… 주인님께서 원하시는 바를
이루실 수 있는 방법이겠지요."


＊　　　　＊　　　　＊


　란테모스에게 마족이 무엇이었냐고 물었던 적이 있었
다.
　란테모스는 그것들을 인간의 모습을 한 '타 차원의 존
재'라고 설명했다.

그때 란테모스에게 말했듯이, 나는 이 세상의 사람들에게도 타 차원의 존재가 아니다. 이 세상과 중원 그리고 우리 가족이 머무는 세상 모두 동일 차원에 속하기 때문이다.

하지만 마족이라 불리는 것들은 그렇지 않다. 그것들은 명백히 다른 차원의 존재들이다.

그런데 내가 구태여 왜 타 차원으로 이어지는 문을 열게 되는 것일까? 들어가기 위한 것인가? 아니면 그 안의 뭔가를 불러내기 위한 것인가? 안타깝지만, 엘라는 거기까지 보진 못했다.

채비를 마친 아가사가 내게 물었다.

"모시기에 앞서, 제가 알아야 할 게 있습니까?"

나는 아가사를 가만히 바라보았다.

엘라가 총애하는 딸이기 때문에 잘 대해 주고 싶었다. 그래서 나는 상냥하게도, 나와 함께하면서 처하게 될 위험을 말해 주기로 했다.

"네 어미의 말대로, 너는 내게 어떤 도움도 되지 않을 것이다."

아가사의 미간이 반사적으로 찌푸렸다가 펴지는 것을 보고, 과연 지금의 마음처럼 계속 잘 대해 줄 수 있을지 자신이 없었다.

"그래도 너를 데리고 가는 이유는 네 어미의 청이 있기 때문임과 동시에, 또 인과율이 그렇게 결정되어 있기 때문이다. 인과율을 아느냐?"

"모릅니다."

"지금은 운명이라고만 알고 있어도 된다."

"……."

"네가 알아야 할 것은 앞으로 우리와 부딪치게 될 것들이다. 내 적들이지."

오랜만에 아가사의 두 눈 위로 감정이 드러났다. 과연 무엇이 내 적이 될 수 있냐는 것이다.

나는 뜸 들이지 않고 말을 붙였다.

"하나. 옛 마루스 제국의 황태자. 기필코 죽여 없애야 할 놈이다."

그건 당신이지 않습니까?

아가사가 나를 그렇게 쳐다봤다. 나는 아가사에게 잘 대해 주기로 한 마음을 다시 상기시키며, 천천히 입술을 뗐다.

"카이저 트라혜는 나였지만, 그 이전 실종된 상태의 황태자는 놈이다. 내가 놈의 신분을 이용한 것이었지. 우리는 악연 중의 악연이지. 그래. 맞다. 그래서 마루스 대제국을 찢어 놓은 것이다."

거기까지만 해도 충분히 놀란 듯 보이는 아가사였다.

그러나 내가 설명을 더 덧붙이자, 그녀의 두 눈이 부릅떠졌다.

"네 나이가 여든이라고 하였지? 그런 네가 태어나기도 사십여 년 전에 일어난 일이거니와 너와는 상관도 없는 일이니 감흥이 없을 것이다. 이렇게 말해 주는 편이 낫겠구나. 란테모스는 놈의 수하다."

나는 정말 상냥했다.

지금껏 아가사가 생각할 수 있는 최강의 악은 란테모스였다. 아가사는 그런 란테모스가 일개 하수인에 불과했다는 사실에 경악했다.

하지만 고작 옥제황월 따위로 경악하기엔 너무도 일렀다.

"둘. 드래곤 넷이다. 본래 다섯이었는데 하나가, 위대한 안식(安息)에 들어갔다더군. 웃기는 소리지. 내가 그것을 죽였다."

숨을 쉬지 않을 정도로 놀란 아가사를 앞에 두고 계속 말했다.

"셋. 두 반신(半神)이다. 본래 우리들의 차원을 관장하는 신이었다가 나누어진 것으로 여겨진다. 그것들이야말로 진짜 신에 가까운 존재다. 기억해 두거라. 아가사. 그것들이 전부 내 적이다."

비로소 아가사가 떨리던 입술을 열었다.

"왜…… 제게 말씀해 주시는 것입니까?"

나는 쯧, 하고 짧게 혀를 찼다. 그러고는 솔직하게 대답해 주었다.

"네가 죽임을 당한다면, 무엇에게 죽는지는 알아야 할 것 아니냐?"

*　　　*　　　*

살을 에는 듯 차가웠던 삭풍(朔風)은 이제 없었다. 아가사가 외투를 프레치아 기내 안에 버리고선, 내 뒤를 따라 뛰어내렸다. 목과 어깨로 이어지는 늘씬한 선이 고스란히 드러난 채였다.

눈부신 햇살이 내려오는 하늘.

우리가 타고 온 프레치아보다 더 많은 용량을 적재할 수 있는 거대한 기체 또한 막 착륙하고 있었다. 이미 착륙한 프레치아들에서 성 라이제의 산물이 실린 상자가 옮겨지고, 그늘진 곳에서는 여러 상단의 관계자들끼리 모여서 정보를 나누고 있었다.

성(星) 마루스의 오대 프레치아 정거장 중 한 곳이자, 유명한 교역도시인 그곳이 우리의 첫 행선지였다. 낙타와 모래 대신 철제 기체와 잡풀들이 자리하고 있을 뿐이지, 저쪽 세상의 비단길에 자리한 교역 도시들과 같은 느낌이다.

다들 열성적이며, 그만큼 분주하다. 사람과 사람 그리고 산물과 산물이 한자리에 모이며 유기체적인 움직임을 보인다.

한편, 우리는 사람들의 시선을 한 몸에 받고 있었다. 우리가 타고 온 프레치아에는 총단 문장이 떡하니 박혀 있었기 때문이다.

아니면 아가사의 미모 때문일지도.

나는 아가사의 얼굴을 턱짓해 가리켰고, 아가사는 준비해 두었던 하얀색 베일을 머리에 썼다. 그래도 쭉 뻗고 볼륨감 있는 몸매가 사람들의 이목을 잡아끈다지만, 얼굴까지 드러내는 것보다는 나았다.

그때 아가사를 목도한 자들이 은밀한 움직임을 시작했다.

그들의 행선지는 우리와 같았다.

우리도 곧장 이 교역 도시를 다스리는 지배자의 대저택으로 향했다.

"감시자들이 있습니다."

아가사도 미행을 알아차렸다.

신화에 가까운 이야기를 듣게 된 이후로, 아가사는 더

욱더 공손해졌다.

하지만 천성적인 성격만큼은 어쩔 수 없는 것인지, 표정과 눈빛만큼은 공손해졌어도 목소리의 전반적인 분위기만큼은 여전히 차갑게 다가왔다.

"주인님?"

아가사가 처음 하는 '주인님'이라는 말을 거리낌 없이 했다.

유일하게 마음에 드는 하나였다.

"내버려 두어라."

내가 대답하자, 아가사도 더는 입을 열지 않았다. 그러나 줄곧 그녀가 가지고 있던 의문이 좀처럼 얼굴에서 떠나질 않는 것이었다.

하필이면 첫 행선지가 왜 여기냐는 것이지.

여든의 나이라고 해도 여인이라는 것인지, 아가사는 불편해 보였다. 이 도시의 지배자가 아가사에게 꾸준히 청혼을 했던 적이 있었다 하니까.

"네 어미가 본 것들이 있다."

이번에도 나는 아주 상냥했다.

"그리고 네 어미는 내가 여기서부터 시작해야 한다고 하더구나."

나도 간악한 흑천마검과 합일하였을 때, '라쿠아에게 이르는 여정'이 담긴 미래를 본 적이 있었다. 그래서 미래를 본다는 것이 어떤 방식으로 이루어지는지도 잘 알고 있어서, '사라진 시간대'에 대해서도 의문을 품지 않는다.

예컨대 이런 것이다.

내가 여기에 온 이유가 엘라가 본 미래에 따라서였다지만, 그렇다면 엘라가 본 미래 속의 나는 왜 여기에 왔던 것일까?

그 또한 엘라의 말을 들었기 때문이다.

오지 않은 앞날의 일들이 현재에 영향을 미치는 것, 그렇게 드러나는 인과율의 모습는 이슬람 제국에서 '미래를 보고 난 후의 나'에서도 확인한 바 있었다.

"무슨 일이 일어나는지요?"

아가사는 내가 말했던 적들을 의식했던 것 같다.

"이 도시의 지배자가 오늘 죽는다는군."

잠깐, 아가사의 눈이 흔들렸다.

"누가 그를 죽이는 것입니까?"

"모른다."

"그는…… 강한 사람입니다."

"얼마큼이나?"

"세력과는 상관없이 개인의 경지로만 보자면, 두 행성을 통틀어 그 사람을 죽일 수 있는 사람은 한 손에 꼽을 정도입니다."

"그래? 할라를 수련하였나? 아니면 오러인가? 마법? 어떤 자지?"

"오러를 수련하였습니다만, 그는 '선택받은 것'들 중에서도 돋보이는 사람입니다."

"그렇군. 마음이 쓰이느냐?"

"아닙니다."

"그럼 됐다."

몇 발자국을 움직였을 때, 아가사가 다시 말문을 열었다.

"……위험을 경고해 줄 수 있습니까?"

나는 큭, 하고 웃었다.

"안 되지. 그는 죽어야만 하고, 그의 죽음이 나를 이끌 것이다."

"경고를 해 주면 대모께서 보신 미래가 달라질 수 있다는 말씀이십니까?"

"그럴 일은 없다."

"무조건 일어나게 될 일이라면……."

나는 생각하다 말했다.

"네가 말한다면 그 또한 예정된 일이고, 말하지 않는다고 해도 그 또한 예정된 일이겠지. 그래. 네 마음대로 하거라."

도시의 지배자.

그의 미들 네임은 로도스. 할라와는 연이 닿지 않지 않은 탓에 나이대로 늙었다. 그러나 백전노장(老將)다운 기세가 자연히 흘러나오는, 정정함이 젊은이에 못지않았다.

티타임 중이었다.

"대설원의 군주께서 여까지는 무슨 일이십니까? 동행하신 분은?"

로도스는 정말로 기분이 좋아 보였다.

아가사는 나를 그녀의 카이파라고 소개한 뒤에, 나를 쳐다봤다. 다시금 내 허락을 구하는 눈치였기에 나는 고개를 끄덕여 보였다.

그렇게 아가사는 로도스에게 오늘 그의 죽음을 경고하였다.

다른 사람이 그랬더라면 그는 크게 진노하거나 오히려 상대를 비웃었을 것이다. 하지만 대모의 딸이자 제2 차 행성 전쟁의 영웅이 하는 말이었다.

로도스는 일신의 경지만으로도 누구도 상대할 수 있다는 자긍심을 지닌 검사였으나, 죽음이 예언된 만큼 그가 할 수 있는 최고의 방패를 둘렀다. 제자들과 경지 높은 가신들을 모조리 불러서, 때늦은 만찬을 준비했다.

잘 훈련된 정병들이 식당 바깥은 물론이고 저택 주변에도 가득했다.

"누가 감히 나를 해칠 수 있는지, 솔직히 기대되는구려. 덕분에 이렇게 그대들에게 식사를 대접하게 되었으니, 마음껏 즐기시오."

로도스가 제자와 가신들에게 늦은 밤에 만찬을 하게 된 이유를 솔직하게 밝혔다. 다들 웃고 떠들었다. 하지만 그녀들의 눈빛은 시시때때로 아무것도 아닌 것을 날카롭게 찔러 댔다.

시간이 흘렀다.

로도스가 창밖의 달을 바라본 다음, 아가사에게로 시선을 돌렸다.

"아무래도 대모의 말씀을 잘못 듣고 오신 것 아니시오?"

날이 막 끝나가던 무렵이었다. 마음을 놓은 로도스는 호탕하게 웃었고, 그의 제자와 가신들도 부쩍 밝아진 얼굴로 로도스의 장수를 건배사로 올렸다.

어떻게 된 일입니까? 아무 일도 일어나지 않지 않습니까?

아가사가 일자가 된 눈으로 나를 쳐다봤다.

그제야 나는 내가 할 일이 무엇인지 알 수 있었다.

"인과율이 네 죽음을 바라는구나……."

내가 중얼거렸다.

지금껏 한마디도 없던 군주의 남자가 했던 말이었기에, 시선이 더 집중됐다.

모두의 고개가 내 쪽으로 돌려진 그때

나는 허벅지 위로 툭툭, 시간을 재던 손가락질을 멈췄다. 동시에 몸에서 뻗친 붉은 기운이 식탁 위를 가로질렀다. 그 찰나.

로도스의 잘린 머리가 허공으로 붕 떴다.


좌중 중에 찰나의 순간을 볼 수 있는 사람을 오로지 나뿐이었다.

로도스의 머리가 잘려나갈 때, 그의 몸에서 빠져나가는 것이 있었다. 그것을 보자마자 '조각의 파편'이라는 것을 알았다.

설마 이것 때문이었나?

빠져나온 대로 사라지려는 그것을 내 쪽으로 끌어당겼다.

금빛 빛무리가 엿가락처럼 쭉 늘어지면서 내 손아귀 안으로 빨려 들어왔다. 흑천마검에게서 토해졌을 때에는 나오자마자 사라졌었지만, 이번에 나는 그것을 다스릴 수 있었다.

손아귀 안에 가득 들어온 금빛 빛무리를 힘껏 쥐었다.

와직.

금빛 빛무리가 조그마한 물질로 변한다.

검기를 날리고 로도스의 머리를 잘라 조각의 파편을 취하기까지 걸린 시간은 지극히 짧고 짧았다.

좌중들은 여전히 나를 바라보고 있었다. 좌중들에게 있어 극한(極限)의 시간대는 인지할 수 없는 영역이다. 그래서 그들의 시간이 멈춰 버렸다고 해도 그렇게 틀린 말은 아니었다.

집중을 풀어버리자, 앞에서 쏠린 힘에 뒤로 떠올랐던 로도스의 머리가 드디어 바닥으로 떨어졌다.

대리석 바닥 위를 데굴데굴 구르며 피를 뿌려 댄다. 그제야 나를 향해 있던 좌중들의 시선이 일제히 그쪽으로 돌려졌다.

"주군!"

로도스의 사람들이 놀란 목소리를 터트리며 의자를 박차고 일어섰다.

좌중들 중 누구도 로도스에게 무슨 일이 일어났던 것인지 알아차리지 못했다. 그러긴 아가사도 마찬가지라서, 바로 일어나 목 잃은 로도스를 향해 몸을 던지다시피 했다.

"이…… 대체…… 어떻게 된 일입니까……."

로도스의 최측근 중 하나가 말했다. 경악과 침통 그리고 분노가 한데 혼합된 복잡한 표정으로, 아가사가 이 사건의 주범인냥 노려보면서 말이다.

아가사의 위명(威名)을 생각해 볼 때 있을 수 없는 일이나, 좌중들이 생각하는 것은 오로지 그들 주군의 갑작스러운 죽음뿐이었다.

아가사는 아무런 대답도 하지 않고, 로도스의 머리를 들고 있는 남자에게 다가갔다. 그러나 남자는 로도스의 머리를 향하는 아가사의 손길을 피해 등을 돌렸다.

그때쯤 내게 쏠리는 시선들이 늘었다. 모두가 야단법석을 떨며 움직이고 있을 때, 오로지 나만이 앉아 있었기 때문만은 아니었다.

"당신! 조금 전에 했던 말을 제대로 설명해야 할 거요!"

로도스의 젊은 제자가 핏발 선 눈으로 외쳤다.

좌중의 모든 시선이 내게로 돌아왔다. 동시에 검날들을 드러내면서 나를 둘러쌌다.

그때.

쾅!

좌중들과 마찬가지로 나를 보고 있던 아가사가 손바닥으로 식탁을 내리쳤다. 바닥과 벽면과 마찬가지로 대리석으로 된 식탁이 대번에 쪼개지면서 큰 소리를 울렸다. 그런 다음 말없이 좌중들을 쳐다보기만 했는데, 그 얼굴이 사뭇 살기등등했다.

그제야 좌중들은 아가사가 어디에서 온 누구인지, 다시금 정신 차렸다.

내게 겨눠졌던 검들이 천천히 내려갔다.

"대모의 친딸이시자 대설원의 군주시여. 주군의 마지막을 모실 때까지 기다려 주시겠습니까. 간곡히 부탁드립니다."

로도스의 최측근이 말했고, 아가사는 잠깐 생각하다가 짧게 고개를 끄덕였다.

우리는 대단한 소란 속에서 어느 객실로 옮겨졌다.

*　　　*　　　*

아가사는 분노하고 있었다. 실제로 한기가 서린 기운을 내뿜는 것은 아니지만, 그녀는 눈빛만으로도 사람을 죽일 만큼 몹시 싸늘했다. 그래서 우리를 안내했던 로도스의 가신은 그 일을 마치자마자 도망치듯 사라졌다.

문이 소리 없이 닫혔다. 그리고 아가사는 소파에 앉고 있는 내게 고개를 숙였다.

"죄송합니다."

우리는 한참 동안 말이 없었다.

아가사는 분에 겨워서 선 자리에서 움직이질 않았다. 그러던 문득 말을 꺼냈다.

"그런데 어떻게 된 인지 모르겠습니다. 갑자기 목이 잘려 죽었습니다. 절단면으로 보건데……."

그때 나는 주먹을 펴서 손바닥 위를 바라보고 있었다. 아가사 또한 하던 말을 멈추고, 내 손바닥 위에 올려진 조각의 파편을 바라보았다.

하지만 아가사는 조각의 파편을 알아보지 못했다. 지금껏 이렇게 현물(現物)로 남아 있는 것을 본 적이 없던 것이다.

"내가 로도스를 죽였다."

"……!"

바로, 아가사의 놀란 감정이 번져오는 파문(波紋)처럼 와 닿았다. 그녀가 뭐라 말하려다가 말았다. 나는 그런 그녀를 무시하고 조각의 파편을 살펴보았다.

황금으로 오해할 수 있는 금색의 물질.

이것이 인간과 사물에게 초자연적인 능력을 부여하는 현상은 결코 이상한 일이 아니었다. 오히려 부족한 감이 있다. 비록 조각에서 떨어져 나온 파편이라고 하여도, 대

우주를 운동(運動)하게 하는 실체적인 힘의 근원(根源)이니
말이다.

"흠……."

내공을 주입시켜 보았지만 아무 일도 일어나지 않는다.

그래서 먹고 삼켜보았다.

하지만 그래도 어떤 반응이 없어서, 그것을 다시 입 밖
으로 끄집어냈다. 이런 나를 아가사가 계속 바라보고 있
었다.

내가 조그마한 황금을 먹었다가 다시 끄집어내는 이상
한 짓을 하는데도, 아가사는 계속 일관된 표정이었다. 이
렇다.

왜 죽이셨습니까.

"로도스는 오늘을 넘기기 전에 죽기로 되어 있었다."

"죽지 않을 것 같아서, 주인님께서 죽이신 것이로군요."

아가사의 입가에 살짝 드리워진 황당한 미소는, 건방지
게도 냉소에 가까웠다.

인과율이 아니라면, 엘라의 딸이 아니었으면 지금 쳐
죽였다. 어쨌든 엘라를 떠올리며 지금까지처럼 아량을 베
풀기로 했다.

그런데.

"다행입니다."

무엇이?

그렇게 쳐다봤다.

"오늘 죽기로 된 자가 로도스가 아니고 주인님이셨다면, 주인님께서는 주인님 스스로 목을 그으셨을 게 아니십니까. 그러면 저는 대모를 뵐 낯이 없습니다. 주인님."

벙찌고 화가 난 것도 잠깐이었다.

나는 아가사의 면전에 대고 입꼬리를 말아 올렸다.

"크크큭. 너 따위가 인과율을 어찌 알겠느냐."

인과율은 절대적이다.

만일 내가 죽기로 되어 있다면 내가 아닌 다른 무엇에 의해서지, 내 스스로 목을 긋는 일은 결코 없다.

하지만 그 이전에 먼저, 인과율은 항상 내 편이었다.

"인과율대로 따라야만 하는 겁니까? 모든 게 정해져 있는 것이라면, 우리 인생에 무슨 의미를 가질 수 있겠습니까?"

나는 아가사가 로도스에게 연정을 품고 있었다고 생각했었는데, 실은 그러한 번뇌 때문에 나를 도발한 것이었다.

"주인님께서는 로도스를 죽이지 않으실 수 있으셨습니다."

어쩐지 치솟는 짜증으로 관자놀이가 꿈틀거리는 것만 같다.

"내가 들려줄 수 있는 조언은 하나다. 아가사. 우리의 자율의지 또한 인과율 아래 품어진 것이다. 할라를 꾸준히 수련하다 보면 네 어미처럼 대 우주의 진리를 느끼는 날이 올지도 모르지."

나는 느낀 게 아니라 엿본 것에 불과하지만…… 흑천마검과의 합일에서…….

"하면 그의 죽음이 무엇을 이끌게 되는 것입니까?"

아가사가 다시 물었다.

아가사의 말에 돋은 가시를 더는 참기 힘들었다.

화악!


— **건방진!**


의념과 함께 내 몸에서 뻗친 살의가 만만치 않았다.

내 정체가 무엇인지, 란테모스가 어떻게 되었는지, 두 행성을 통틀어 최강자 중의 하나라고 불리는 사내 또한 어떤 식으로 죽어버렸는지.

전부 알고 있는 아가사라고 해도, 내 살기를 받기는 이번이 처음이었다.

어미를 닮은 아가사의 에메랄드색 두 눈이 대번에 칙칙해졌다. 동시에 본인도 모르게 숨을 쉬지 못하고, 점점 얼굴이 하얗게 질려갔다.

털썩.

아가사가 주저앉으며 양손으로 땅바닥을 짚었다.

"내가 너를 이렇게 상냥히 대하는 것은, 네가 엘라의 딸이기 때문이다."

내게 백여 년의 순정을 바친 엘라.

그녀의 얼굴 위에 핀 검버섯이 지금도 눈앞에 어른거린다.

"하지만 계속 이런 식이라면 나도 네가 엘라의 딸이라는 것을 잊고 대할 수밖에 없다. 그러길 바라느냐?"

"아……아닙니다."

"잊지 말거라. 네 어미가 네게 뭐라 충고했는지 말이다. 이제 경고는 없을 것이다."

"……예."

나는 속으로 이를 간 뒤, 조각의 파편으로 다시 눈길을 돌렸다.

"로도스 녀석이 죽으면서 남긴 것이다. 아마도 오늘 일은 이것 때문인 것 같구나."

아가사가 고개를 든 것은 그로부터 한참 후였다. 그게 무엇인지요? 아가사가 그렇게 쳐다보았다.

"이것이 무엇인가 하면."

조용해진 아가사가 내 말에 귀를 기울이기 시작했다.

"너희들은 드래곤이 안식에 들어가면서 권능을 부여할 대상으로 여러 것들을 선택했다고 알고 있지만. 틀렸다. 이것이 선택받은 것이라고 불리는 이들이 초능과 재능을 얻게 된 원인이며, 드래곤을 이루던 일부분이다."

구태여 인과율의 조각이라고까지는 덧붙이지 않았다. 인과율의 존엄함을 모르는 이 어리석은 인간에게는, 딱 그 정도까지가 적당했다.

생각대로 아가사는 또 놀랐다. 그런 점만 놓고 보면 아가사는 행운아라고 할 수 있었다. 나와 함께하지 않는다면, 몇 번을 죽었다 깨도 '인간의 영역'을 넘어선 사실들에 접근하지 못했으리라.

"선택받은 것들이 얼마나 되느냐?"

흔들리는 아가사의 눈을 쳐다보며 말했다.

"2차 행성 전쟁에 알려진 것만 기백(幾百)을…… 넘습니다."

그렇다면 전부 모아 보기에는 너무도 성가신 일이 된다.

그때 우리는 대화를 멈추고, 인기척이 가까워진 문 쪽으로 고개를 돌렸다.

로도스의 최측근이 안으로 들어와 아가사에게 한 가지 양해를 구했다. 직전과는 달리, 내게 경고를 받은 아가사처럼 무척이나 정중해져 있었다.

최측근은 주군의 귀부인과 자제들이 그들의 말을 믿지 않을 것이라면서, 날이 밝은 이후에 아가사가 총단의 이름으로 직접 설명해 주길 청했다.

짧은 시간만이라도 우리를 잡아 둔 다음, 조사를 하겠다는 심산인 게 뻔히 보였지만 우리는 그렇게 하겠다고 대답했다.

"오히려 잘 되었다. 일은 지금부터 시작인 것 같으니 말이다."

침대에 걸터앉아 아가사에게 턱짓했다.

그러자 내 의도를 알아차린 아가사가 문을 잠그고 등잔불을 끄고 돌아왔다.

아가사의 옷을 여미고 있던 끈이 천천히 풀어졌고, 그녀의 옷가지가 인어의 허물 같이 스르르 미끄러져 내렸다.

*　·　*　　*　'

그렇게 아가사의 나신이 곡선을 그리며 가까워질 때였다.

기울어지던 아가사의 전신이 딱 멈췄다. 아니, 그렇게 보이는 것에 불과하다. 홍채의 모양새며 안면의 모공 하나하나가 세밀하게 보일 정도로, 나의 온 감각이 극한으로 끌어 올려졌다.

그러자 보다 확실해졌다. 나를 지켜보는 시선이 있었다.

조각의 파편을 현물로 만든 이후부터 그런 느낌이 있었다. 지금 시선이 뻗치는 곳은 바로 천장에서 한 치 아래다. 그러나 거기에는 눈과 같은 실질적인 감각기관이 떠 있는 것은 또 아니었다. 형체가 존재하지 않을 뿐이지, 확연하게 느껴진다.

천리안(千里眼)인가?

엘라?

아니, 시선에서 느껴지는 감정은 그렇지 않다. 엄밀히 말하자면 어떤 감정도 없다.

그때쯤.

시선의 주인도 내가 본인을 눈치챘다는 것을 알아차렸다.

시선이 빠르게 사라진다.

엘라가 당했던 당시처럼 시선 주인의 의식 세계로 들어갈 재간은 없었다. 하지만 '극한의 시간대' 안으로 남겨진 시선의 잔영이 공간에도 영향을 끼치고 있었다. 쫓아가고자 한다면 할 수 있다. 다만 이게 유인책일 수도 있다는 생각이 나를 잠시 머뭇거리게 하고 있었다. 그게 실책

이었다.

공간의 잔영이 순식간에 흔적도 없이 사라지고 말았다.

쫓아가야 했다. 젠장.

나는 내 쪽으로 기울어지는 아가사를 옆으로 치워내며 몸을 일으켰다. 아가사는 벽에 부딪혀 쓰러진 상태였다. 아가사가 거기서 나를 올려다보며 말했다.

"……제가 무슨 실수를 했는지 가르쳐 주시겠습니까?"

지금 중요한 건 할라 수련이 아니었다.

그 시선은 옥제황월이었을까? 드래곤이었을까? 아니면 내가 모르는 또 다른 누구?

그게 누구든지 간에, 내가 할 수 있는 최고의 전비를 항상 갖춰 놓아야 한다. 그래야 다음번에는 일말의 고민도 없이 쫓아갈 수 있으리라.

극한의 시간대 안에서는 고민할 시간적 여유가 주어지지 않았다.

"메모라이즈를 할 것이다. 내 곁을 지켜라."


동이 틀 때까지, 메모라이즈 작업을 마쳤다.

의식 세계에서 빠져나오자, 한숨도 자지 않은 아가사가 보였다. 나는 아가사에게 그만 눈을 붙이라고 지시했다. 아가사는 곧바로 잠에 빠져들었고, 그렇게 잠든 모습만큼은 제 어미를 꼭 닮아 있었다.

지난밤에 보았던 로도스의 최측근이 우리를 찾아온 건, 우리에게서 통 소식이 없던 점심 무렵쯤이었다. 그동안 아가사는 부족한 잠을 채웠고, 나는 운기행공을 통해 극양의 기운을 좀 더 순수하게 다듬었다.

"귀부인께서 기다리고 계십니다."

로도스의 최측근은 후천진기를 정통한 중년의 검객이었다.

"그리고 어젯밤의 무례는……."

아가사는 내가 아닌 다른 사람 앞에서는 그녀의 명성다운 위엄을 보여 왔다. 그건 이번에도 그랬다. 아가사가 최측근의 말을 잘랐다.

"주군 잃은 이의 침통함을 내 모르는 바 아니다."

"총단의 호의를 그런 식으로 받아들인 점이, 정말 송구스럽습니다."

"오해가 풀린 것 같으니 됐다. 어떻게 된 일인지는 밝혀냈느냐?"

"군주님께서도 그 자리에 있으셨다시피, 저희들이 조사할 수 있는 사항은 한정되어 있습니다. 다만"

"다만."

"다만 반드시 밝혀낼 것이며, 저희들은 죽어서도 주군

의 복수를 하고야 말 것입니다."

최측근은 정말 으르렁거리다시피 말했다.

"짐작 가는 바가 있는 것 같구나."

아가사가 태연하게 말했다. 최측근은 고민하는가 싶더니 천천히 입술을 뗐다.

"소문의 진위부터 확인해야지요. 군주님께서는 그 소문에 대해서 아시는 바가 없으신지요."

아가사가 싸늘하게 쳐다만 보자, 최측근이 죄송하다면서 덧붙였다.

"붉은 망루의 감시자와 그리핀 날개의 전(前) 용병대장 그리고 자유기사 크툴로를 아실 겁니다."

"안다."

"예. 행성 전쟁이 탄생시킨 시대의 영웅이자, 신의 선택을 받으신 분들이지요."

최측근은 거기까지 말했어도 아가사의 표정에 조금의 변화가 없자, 좀 더 덧붙였다.

"세 영웅이 일시에 모습을 감춘 것은 결코 우연이 아니라는 소문이 있었습니다."

"전 시대의 인물들이다."

표정만으로는 아가사가 그 소문을 들은 적이 있었는지는 알 수 없다. 하지만 아가사가 그들의 은퇴 혹은 낙향을 당연하게 말하는 것으로 봐서는, 아가사도 소문을 들은 적이 있었던 것으로 보인다.

"총단에서는 헛소문이라고 판단한 것입니까? 아니면……"

"내 생각이다."

"총단에서 이루어진 조사는 없는 것이로군요?"

아가사의 눈빛이 더 싸늘했다. 최측근은 거기서 그만두어야 할 시점인 것을 깨닫고, 마지막으로 정중하게 말했다.

"소문의 진위를 가려낸 이후에, 해야 한다면 총단의 조력을 요청하게 될 것 같습니다. 그때 군주님께서 도와주신다면 그 은혜를 평생 잊지 않겠습니다."

내 눈빛을 받은 아가사가 그에게 고개를 끄덕여 보였다.

비로소 그의 얼굴이 밝아졌다. 하지만 이내 다시 침통의 늪에 빠져서, 뭔가를 생각하는 그의 눈동자에 깊은 살의(殺意)가 이글거렸다.

아가사에게 눈치를 줬다.

"네 안내는 필요 없다. 귀부인께는 곧 들르겠다고 전하거라."

아가사가 말했고

"예."

이미 아가사에게 만족스러운 대답을 들은 최측근은 거

리낌 없이 방에서 나갔다.

"그런 소문이 있었느냐?"

내가 물었다. 아가사가 그렇다고 대답했다. 로도스가 그 소문을 의식하지 않았던 이유는 아가사와 같은 생각에 서였던 것 같다. 더욱이 그 셋은 세력을 이루지 않은, 고독한 늑대 같은 자들이라고 했다.

많은 영웅들이 별처럼 빛났다가 소리 없이 은퇴하는 것은 맞다. 하지만 조각의 파편을 현물로 만들었을 때부터 생겼던 시선의 존재를 계산에 넣는다면, 말은 또 달라진다.

백운신검으로 이르는 여정의 시작으로 이곳이 지목된 만큼, 이곳에서 일어나는 사건 하나하나를 소홀히 여길 수는 없는 법이다.

만일 옥제황월이 파편을 모으고 있다면? 활용법을 알고 있는 것인가.

만일 드래곤이 파편을 모으고 있다면? 동지의 부활을 꿈꾸는 것인가.

나는 가죽 주머니에 넣어 두었던 조각의 파편을 꺼내 들었다.

"내 적들 또한 이것을 모을 만한 충분한 능력이 있다."

내가 말했다.

물론 옥제황월 같은 경우엔 좀 더 두고 볼일이지만.

"문제는 이것을 모아서 무엇을 할 수 있냐는 것이지."

전부 모아도 모래시계가 보였던 완전체가 아니라 조각에 불과하다. 아니면 내가 모르는 어떤 활용법이 있을지도 모른다는 생각이 들었다.

나는 생각이 깊어진 아가사의 두 눈을 응시했다.

"총단 소유의 선택받은 것은 얼마나 되느냐?"

당연히 있을 것이라 생각해서 물었다. 그리고 틀리지 않았다.

"사람으로 셋, 사물로는 다섯입니다."

아가사가 바로 대답했다.

"지금 가지고 있는 게 있느냐?"

"없습니다."

"하면 선택받은 것들 중에 가장 뛰어난 신성(新星)은 무엇이었느냐? 꼭 사람이 아니어도 된다. 물건이나 몬스터일 수도 있겠지."

이번만큼은 바로 대답하지 못했다. 그래서 질문을 바꿔서 물었다.

"세상에 알려진 모든 선택받은 것들 중에서 한 가지를 택할 수 있다고 하자. 하면 넌 무엇을 취하겠느냐? 생물이든 사물이든 네 마음대로 부릴 수 있다면 말이다."

아가사가 생각하다가 대답했다.

"저라면 황금의 아르테스를 꼽겠습니다."

"사람으로는 들리지 않는군. 너희 총단의 소유냐?"

"아닙니다. 황제 카를의 검입니다."

성(星) 마루스에서 가장 많은 왕국을 다스리고 있는 자. 민간에는 카를 대제라고 불린다.

그런데 아가사의 차가운 눈빛이 흔들리는 게 보였다.

"취하실 계획이십니까?"

"무엇이 문제냐?"

"……모르겠습니다. 황제 카를이 전시 체제에 돌입한 것은 아마도 주인님 때문일지도 모르겠다는 생각이 들었습니다."

아가사가 설명을 더 자세히 부연했다.

"저희들은 황금의 아르테스가 주인에게 위협을 알려 준다고 파악하고 있습니다."

"소유주가 바뀐 적이 있다는 말이로군?"

"예."

"그럼 별 볼 일 없는 능력이겠군."

설마 했던 생각을 지우며 말했다. 그러나 아가사는 내 말에 동의하지 않는 눈치였다.

"누가 소유하고 있느냐에 따라, 달라진다고 생각합니다."

아가사가 그렇게 대답하고 조용히 고개를 숙였다.

우리는 거기서 말을 마치고 로도스의 하나뿐인 귀부인에게 향했다. 로도스의 귀부인은 아가사를 계속 기다리고 있었다. 그녀는 행성을 건너온 대모의 딸을 예의 갖춰서 대접했다.

역시나, 최측근이 우리에게 하루 남아 있길 부탁하며 했던 말과는 달랐다. 그녀는 남편의 죽음을 인정하고 현실을 보고 있었다.

그녀는 최측근과는 같지만 다른 의미로, 도시의 지배권을 위해 총단의 조력을 약속받는 데 최선의 노력을 다했다.

그러던 중이었다.

갑작스럽게 시선이 나타났다. 지난밤에 나를 지켜보았던 그 시선!

그것이 나를 확인한 뒤에 사라지려는 것이었다. 이번만큼은 생각 없이 먼저 몸부터 던졌다.

*　　　　*　　　　*

비틀어진 공간을 쫓아 나오자마자, 체내의 기압부터 외부와 동일하게 높였다. 외부의 기압에 자연히 일어나려했던 신체적 반응이 뚝 멈췄다. 또한 당장 숨을 쉬지 않아도 상관없거니와 피부로부터 산소를 받아들일 수 있는 방법이 있기에, 터는 손댈 구석이 없었다.

수압이 비정상적으로 높고, 해수면이 보이지 않은 심해 속이었다.

퇴적물 위.

거대한 생물체가 거기에 웅크리고 있는 게 보인다.

시선의 주인!

그것은 조금의 움직임도 없어서 흡사 태고에 바닷속으로 가라앉은 산맥처럼 보였다. 거기서 거대한 눈이 뜨이는 순간, 강렬한 푸른 섬광(閃光)이 심해의 어둠을 뚫고 나왔다.

제5장

심해(深海)

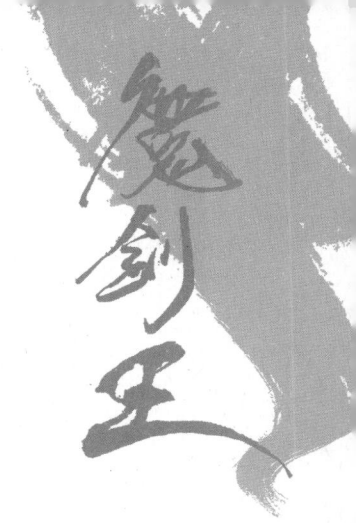

　영원한 어둠으로 덮여 있던 심해가 대낮처럼 밝아졌다.

　푸른 빛깔이 머금어진 그 세상 안.

　바깥세상을 채우고 있던 것들과는 달리, 이 세상을 채우고 있는 것들은 육안으로 식별 가능하다.

　그 안에서 심해어들은 퇴적물에서 올라온 작은 입자들을 헤치며 여전히 떠돌아다니고 있었다. 녀석의 주위에 있던 그것들도 아무런 일이 없었다는 듯 조금도 놀라지 않았다. 오로지 내 주변에 있던 것들만 지느러미를 빠르게 놀리고 있을 뿐이었다.

　나는 조용히 나를 향해 있는 거대한 푸른 눈을 바라보

았다.

어제는 들킨 것이었지만, 지금은 아니었다.

나를 안내하고 있다는 사실을 알아차렸다.

더욱이 녀석은 혼자였다.

심해는 너무도 조용해서 내 심장 뛰는 소리만 쿵쿵 하고 들려왔다.

— 나를 두려워하지 마라. 반신의 그릇이여.

푸른 거안(巨眼)이 나를 빤히 바라보고 있는 가운데, 머릿속으로 의념이 들어왔다.

녀석은 내게 적의(敵意)를 품지 않고 있었다. 그렇게 느껴졌다.

나는 아무 말하지 않고 해야 될 일을 했다. 위로 떠올라 있던 가죽 주머니에서 조각의 파편이 쑥 빠져나와, 흑천마검의 파편이 있지 않은 반대편 가슴 안으로 파고들었다.

찢어진 피부에서 몇 방울의 핏물이 주위로 번졌다. 뚝 끊겨진 가죽 주머니 또한 해류의 움직임을 따라 시선 안에서 사라졌다.

그래도 푸른색 두 거대한 눈은 조금의 움직임도 없었다.

— 네가 나와 접선하고 있다는 것을, 다른 녀석들도 알고 있나?

내가 물었다.

— 그렇지 않다.

들어오는 의념.

— 그래?

— 그러니 반신의 그릇이여. 힘을 드러내지 말지어다.

즉, 우리가 싸우게 되면 다른 녀석들이 눈치챈다는 뜻이었다.

나는 아쉬움을 느끼는 동시에 마음이 놓였다.

1:1의 상황이 온다면 내 쪽이 더 우위에 있을 거라 판단한 지는 오래되었다. 그렇다 하여도 이 커다란 눈과 마주하였을 때, 솔직히 싸우고 싶지 않은 마음이 간절했다.

하고 싶지 않지만 해야 하는 일이 있다. 내게는 드래곤과 싸우는 것이 그런 것이었다.

하지만 이렇게 비(非)적대적으로 나온다면 말은 또 달라진다.

일단 무슨 말을 하려고 부른 것이 궁금해졌다.

드래곤의 다음 말을 기다렸다.

— 그대도 나와 대화를 나눌 의지가 있는가? 나는 그렇다.

몰라서 묻는 게 아니겠지.

— 한 번 해 보지. 그 대화.

이윽고 내 주변으로 얼씬하지 않던 심해어들이 한 마리

씩 다가와, 내 몸을 툭툭 건드렸다.

그리고 잠시 후.

심해의 어떤 생물체도 나와 드래곤을 의식하지 않기 시작했다.

＊　　　＊　　　＊

— 그간 우리는 우리의 존재 이유를 창조주의 의지를 이행하여, 지금의 시공간(視空間)을 유지하는 데에 있다고 생각해 왔다.

드래곤은 과거형으로 말했다.

— 그러나 그대가 나 아닌 다른 하나를 본연(本然)으로 돌렸을 때, 우리 전부는 우리들의 본연이 무엇인지 알 수 있었다. 우리는 창조주의 산물이 아니었다. 여기에 깃든 창조주의 의지가 바로 우리였다.

나는 조용히 있으려 했다. 하지만 녀석이 내게 물어 왔다.

— 우리를 충격에 빠트린 건 그뿐만이 아니었다. 그대의 반신이 창조주의 일부분을 삼키려 했던 것을 기억하는가?

— 내가 못 하게 하였지. 삼켰으면 어떻게 되었지?

내가 반문했다.

— 창조주의 의지를 거역할 수 있는 시초(始初)가 될 수 있었을 것이다. 그대들의 신이 나뉘어져 불완전해져 있듯, 우리도 나뉘어져 존재하기에 가능한 일이었다. 이는 우리가 하나의 의지로써 존재하였다면 불가(不可)한 일이었다.

'죽였다'는 것은…… 내 관점에 불과한 것인가? 이 드래곤은 그들의 동료를 죽인 내게 친절했다. 또 그만큼 바라는 게 있을게 틀림없었다.

— 그리고 우리는 알았다. 우리는 나눠진 불완전한 존재, 하나의 의지로 완전해 질 수 있었다.

마치 흑천마검과 백운신검이 그러하듯이 말이다.

— 그리고 그러한 지각(知覺)은 욕구가 되었다.

강렬한 자극이 의식 속에서 번졌다.

간악한 녀석과의 합일 때 느낄 수 있었던 느낌과 흡사했다. 내 앞에 자리하고 있는 이 드래곤 또한 완전해지고 싶어 하는 열망을 품고 있었다.

— 너뿐만이 아니겠지?

— 반신의 그릇이여. 그대가 생각하는 대로다. 우리 전부가 그러하였다. 하지만 우리는 하나의 의지로 존재할 수 없었다.

— 왜지?

아직은 백운신검은 어디에 어떻게 있느냐!, 라고 물을 타이밍이 아니었다.

— 우리는 스스로가 주체가 되길 원했다.

각각의 자아(自我)를 형성하고 있었다면, 그럴 수 있다고 생각했다.

— 그래서 우리는 합의점을 찾지 못하고, 그대가 아닌 다른 반신의 그릇과 반신이 하나 된 '존재'와 싸우는 데에 주력했다. 그대의 반신이 우리에게 하나 된 존재를 보냈을 때부터였다.

드래곤은 흑천마검이 백운신검과 옥제황월의 합일체를 차원의 틈으로 던졌던, 그때를 말하고 있었다.

— 그러나 하나 된 존재가 그릇과 반신으로 나눠진 이후부터는 우리 전부가 주력할 이유가 없어졌다. 우리 중 둘뿐 만이어도 반신과 반신의 그릇을 압제할 수 있었다. 그렇다면 누가 반신과 반신의 그릇을 압제하고, 누가 타 차원의 움직임을 감시하는지를 두고 합의했어야 했었다.

잠깐.

나는 그렇게 의념을 전하며 미간을 굳혔다.

지금껏 생각해 보지 않았던 이야기가 툭 튀어 나왔다.

— 타 차원의 움직임?

— 그대는 모르는구나.

나는 솔직히 인정했다.

더 많은 정보를 얻기 위해서.

— 반신의 그릇이여. 지금의 시공간은 차원과 차원의 교차한 영역 안에 있음이다. 그래서 우리는 우리의 존재 이유가, 차원을 주관하는 두 신의 간섭으로부터 지금의 시공을 유지하는 데 있다고 생각해 왔던 것이었다. 인지할 수 없을 정도로 광활한 우주 안에서, 두 신 중 하나가 갈라져 있었음을 사전에 알 수 있는 방법은 없었다. 우리는 그대들이 지금의 시공간에 간여하기 시작하였을 때 비로소 알았다.

계속.

— 본시 반신과 반신의 그릇 그리고 타 차원의 움직임을 나누어 감시할 필요는 없었다. 그것은 조율자로 있었던 오래된 우리의 기억들에서 비롯된, 버릇 같은 것이었다. 우리는 창조주의 의지. 하나의 의지가 되어 그것을 이행하면 되는 것이었지만, 우리는 하나가 아닌 이상에 알 수 없었다.

나는 이 드래곤에게서 욕구 외에는 다른 감정이 느껴지지 않다고 생각했었다. 하지만 지금은 그 생각이 달라졌다.

드래곤의 이야기가 길어지면서, 녀석이 억누르고 있는 감정이 조금씩 느껴졌다.

말하는 방식만 봐도…….

어쩐지 인간과 같다.

— 그대들로부터 남겨진 것은 욕구가 유일했다. 오로지 욕구만 있었기에 우리는 하나가 될 수 없었던 것이었다. 우리는 우리에게 필요한 것이 무엇인지 깨닫기에 이르렀다. 관용과 이해. 그렇게 우리는 압제하고 있었던 반신의 그릇으로부터 인간의 감정을 받아들이면, 합의에 이를 수 있다고 생각했었다.

또 과거형.

— 어떤 개입도 없었더라면 그리되었다. 우리는 반신과 반신의 그릇이 우리가 분열하길 바라는 마음을 인지하고 있었는데, 개입한 것은 그들이 아니라 타 차원의 존재였다.

— 마족.

— 우리는 이 시공의 오래전, 공허(空虛)를 관통하는 길을 막아 두었다. 그러나 한 번 열렸던 적이 있었다. 그대가 적으로 여기는 다른 반신의 그릇으로부터 말이다. 그때 공허를 건너뛰어 스며들어온 존재들이 있었다. 그런데 우리가 그대들과 그대들의 반신에 주력하는 동안, 그 존재들은 우리의 시선을 피해 있었다.

드래곤의 이야기를 듣는 내내, 내 머릿속에서는 흑천마검과의 합일 때 엿보았던 우주의 광대한 모습이 펼쳐졌다.

― 우리에게 받아들이지 않아야 할 감정까지 깃들어졌다.

그때 칠흑같이 검기만 한 색채가, 지금까지의 상념을 지우며 의식 속으로 끼어들었다.

내 앞의 드래곤이 보내는 것이었다. 블랙 드래곤에 대해서 말하려 하고 있었다.

문득 그 검은색 색채에 녹색 색채가 깃들어 사라졌다.

― 우리 중 하나가 다른 하나 아래로 하나가 되었다.

블랙 드래곤이 그린 드래곤을 삼켜 더 강해졌다는 말을, 이 드래곤은 그런 식으로 표현했다.

― 그래서 나와 또 다른 하나는 그 자리에서 벗어나야 했다.

― 블랙 드래곤뿐만 아니라, 너 또한 '관용과 이해'가 제대로 실리지 않았군.

내가 뇌까렸다.

드래곤은 그 말의 진의를 바로 알아차렸다.

그래서 뚝 조용해졌다.

지금까지의 논지대로라면 블랙 드래곤이 그린 드래곤을 삼킨 후 나머지 둘까지 삼키려고 했을 때, 그 나머지 둘은 저항하지 않고 가만히 있었어야 했다.

나는 슬슬 이 거대한 푸른 두 눈이 내게 원하는 바가 무엇인지 알 것 같았다.

— 내가 바라는 게 무엇인지 아는가?

내가 물었다.

— 반신의 아래로 하나가 되지 않는 것.

— 그건 이미 이루었다. 그 간악한 것은 더 이상 나를 어쩌지 못하지.

이번에는 드래곤이 내 말에 경청할 때였다.

— 내가 바라는 것은 백운신검 그 계집이다. 그 계집은 어디에 있느냐? 내가 그 계집을 취할 수 있도록 협조한다면, 나 또한 네가 삼켜지지 않도록 협조하겠다.

약간의 침묵 후.

— 그대 또한 잘못 알고 있구나. 반신의 그릇이여. 내가 무엇보다 두려워하는 건…….

갑자기 해류가 격동하고 압력이 더 높아지면서, 한가히 노닐던 심해어들이 쓸려 사라지거나 눌러 터졌다.

— 공허를 관통하는 길이 열리는 것이다.

쿵!

그러면서 들어온 이미지는 성(星) 마루스 제국의 황성 지하에서 보았던 그것.

큼지막한 철문 두 짝이 닫힌 광경이었다.

＊　　　＊　　　＊

　엄밀히 말하자면 마계의 문도 아니고 공허를 관통하는 길도 아니다. 그 둘 모두로, 공허를 관통하여 마계에 이르는 문이 그것이다.

　엘라는 내가 그걸 열게 될 거라고 예지하였고, 이 드래곤은 그게 열리게 될 것을 두려워하고 있었다.

　— 왜 두렵지?

　— 공허와 접한 시공(時空)과 타 차원의 간섭을 받게 될 것이다.

　마신 혹은 타 차원 신의 강림쯤으로 이해해도 될 법 싶었다.

　드래곤의 이어진 말이 실제로 그러했다.

　— 그대의 반신이 나 아닌 다른 하나를 삼키려 하였듯이, 타 차원의 신 또한 다르지 않을 것이다.

　— 차원을 넘어서?

　— 그렇다.

　— 너희들이 그렇게나 특별한가?

　— 우리는 창조주의 의지.

　— 너희 다섯만이 유일하다면 충분히 그렇겠지. 특별한 것이 아니라 위대하고 거룩한 것이겠지. 하지만 나는 너

희들 외에 또 다른 존재와 마주친 적이 있다. 너도 본 적이 있었던 세상에서였다. 더욱이 거기에서 그것은 너희처럼 갈라져 있던 것이 아니라 완전한 하나였다.

모래시계.

— 그리고 그것은 나와 같은 인간의 손에서 이용되고 있었지.

화아악!

거대한 푸른색 눈동자.

그 안의 세로로 쭉 찢어진 동공이 큼지막하게 확장됐다.

당시에 흑천마검이 보였던 분노가 거기에서도 보였다.

— 어떻게 그런 일이 가능했는지는 모르나, 분명 있었던 일이지. 하지만 이제는 없다. 내가 부숴 버렸으니까.

계속 말했다.

— 그러니까 인과율이 현신해 있는 곳은 비단 이곳 이 시공만이 아닐 것이라는 것이다. 타 차원의 신이 제 영역이 아니라, 구태여 다른 차원을 넘어서까지 너희들을 왜 쫓아오겠는가?

우주는 지극히 넓다. 항성부터 무한대에 가까운 은하에 이르듯, 수없이 많은 차원과 시공간이 펼쳐져 있는 것이다.

그때부터 드래곤이 갑자기 말이 없어졌다. 나는 드래곤이 내가 생각할 수 없는 어떤 미지의 영역을 탐색하고 있다는 사실을 느낄 수 있었다. 드래곤의 푸른 눈 안에 담긴 우주에서.

그렇게 무한대처럼 느껴졌던 찰나가 지났다. 드래곤의 의념이 스미어 들어왔다.

— 반신의 그릇이여. 그대의 말은 사실이었다. 하지만 그대가 모르는 것이 있음이다.

이어지는 말을 기다렸다.

— 우리 창조주의 의지는 차원의 교차점(交叉點)에서만 현신으로 존재하고 있구나. 이는 두 신의 싸움 때문이었다.

— 차원의 교차점이 대체 무엇이길래? 내가 이리 보여도, 우주의 한낱 미물에 불과하다는 것을 잊지 말아줬으면 좋겠군.

— 그대가 미물(微物)이라는 생각에는 동의할 수 없다. 허나 그대가 바라는 대로 그대의 관념을 빌려 말하자면 이렇겠구나.

그리고서 드래곤이 대답을 내놓았다.

— 신들의 전장.

그 대답을 듣는 순간, 지황이 들려주었던 이야기가 뇌리를 스치고 지나갔다.

바로 아수라(阿修羅)의 세계!

존마교가 혈마교와 정마교로 둘로 나뉘기 전, 존마교의

초대교주가 삼황의 전신에게 들려줬던 그 이야기가 말이다.

*　　　*　　　*

　언젠가 라쿠아가 그랬다. 내 존재가 그들에게 해답과 동시에 많은 질문은 남겼다고. 드래곤과의 대화가 지금 내게 그랬다.

　결론만 말하자면, 우리는 서로 원하는 바와 해야 하는 일들을 나누고 동맹을 맺게 되었다.

　드래곤이 만든 공간의 통로가 열리고 닫히기까지 걸린 시간은 극히 짧았다. 그래서 쏟아져 나온 바닷물의 양이 그렇게 많지 않았다. 그래도 바닥을 흥건히 적시기에는 충분한 양이었다.

　대걸레를 든 시종들이 부랴부랴 바닥을 치우는 동안, 아가사는 갑자기 사라졌던 내가 바닷물과 함께 나타난 이유를 귀부인에게 적당히 둘러댔다.

　그 후 아가사와 나는 지배자의 죽음으로 무거운 긴장감이 감도는 복도를 지나, 객실로 돌아왔다.

　줄곧 참아왔던 아가사가 물었다.

　"무슨 일이 있었던 것입니까?"

　"드래곤 하나가 나를 불렀다."

나는 머릿속을 헤집고 다니던 상념들을 떨쳐내며 대답
했다.

"신을⋯⋯."

아가사의 동공이 순간 커졌다.

그녀가 만인이 경외하는 대모의 딸이자 알아주는 행성
전쟁의 영웅이라고는 하나, 인간의 영역을 초월한 신(神)
세계 안에서는 무지한 갓난아이에 불과했다. 그래서 그녀
는 더 묻지 못하고 입을 다물었다.

나는 그런 아가사를 내버려 두고 가슴 안에 보관하였던
조각의 파편을 꺼냈다. 그것을 만지작거리다가, 아가사에
게 말했다.

"바로 나를 따라올 수 없을 것이다. 여기서 머물러 있
거라. 전갈을 따로 보내마."

아직까지 아가사는 내가 무슨 말을 하는지 이해하지 못
했다.

나는 조각의 파편을 손바닥 안으로 떨어트린 다음 있는
힘껏 움켜쥐었다. 그러고는 가공할 기운을 실었다. 바깥
으로 공력이 여파가 퍼지지 않도록, 오로지 조각의 파편
으로만 집중시켰다.

손안에서 느껴졌던 파편의 무게감이 사라지는 순간이
왔다.

아가사는 주먹 쥔 손가락 사이사이에서 뻗치기 시작한 금빛 빛무리를 바라보고 있었다.

"전갈을 기다리거라."

입술을 떼면서 동시에 주먹을 폈다. 금빛 빛무리가 눈부시다.

하지만 아가사는 이 아름다운 광경을 볼 수 없으리라. '극한의 시간대'가 시작됐기 때문이다.

금빛 빛무리는 자유를 향해 날갯짓을 하는 새처럼, 곧장 벽면 밖으로 사라졌다. 급히 창문 밖으로 나오자 금빛 빛무리의 꽁무니를 볼 수 있었다. 그것은 비스듬한 궤적을 그리며 하늘을 향해 날아가고 있었다.

나도 그것의 뒤를 좇아 몸을 띄웠다.


수많은 산과 강 그리고 바다 너머까지 날아왔다.

아가사가 있던 곳과는 대륙 자체가 달라졌다.

그간 날아온 거리와 방향으로 추정컨대, 지금은 어떻게 되었을지 모르겠다만 내가 있던 당시에는 해상 왕국 벨루스의 영토였다.

견고할 뿐만 아니라 아름답기까지 한, 성이 위치한 해안에서였다.

여섯 살에서 열 살 정도에 이르는 꼬마 여럿이 술래잡

기를 하고 있던 것으로 보인다. 금빛 빛무리는 처음부터 그렇게 되어 있기로 예정되었던 것처럼, 한 아이의 몸 안으로 거침없이 떨어졌다.

범부(凡夫)들이 인지하는 평범한 시간대가 시작되면서, 멈춰있던 것처럼 보이던 아이들에게 play 버튼이 눌러졌다.

술래의 조그마한 등으로 아이의 손이 닿았다.

"이젠 네가 술래야."

사내아이가 해맑게 웃으며 말했다.

여섯 명의 아이들 중 파편의 선택을 받은 아이는 바로 그 아이였다.

그런데 본인뿐만 아니라 같이 놀던 아이들 그리고 그 아이들을 지켜보던 기사 또한, 아이가 파편의 선택을 받았다는 것을 알아차리지 못했다.

"도련님. 아가씨. 이제 그만 들어가셔야 합니다."

아이들 전부는 높은 집 자제로 전부 성에서 나온 것 같았다. 어미를 따라 조개를 주우러 나온 아이들과는 당장 입은 옷부터가 달랐으니까.

"벌써? 오늘 선생님이 누군데?"

"파이톤 경입니다. 시험 준비는 다 하셨습니까? 하셨어야만 합니다."

"시험?"

아이가 또래 아이들을 돌아보자, 또래 아이 중 하나가 아차 하는 표정을 지으며 말했다.

"북부 가문들이잖아."

"그거라면 외웠어!"

"여기 말고."

"아…… 왜 다른 행성의 가문들까지 외워야 한다는 거야! 오르카 경이 어떻게 해 주면 안 돼? 파이톤 경은 오르카 경하고 친하잖아."

"보나 도련님. 오늘 수업에는 주군께서도 참관하십니다."

"아버지께서?"

아이의 얼굴이 바짝 굳었고, 또래 아이들도 "정말이야? 정말 아버지께서 오셔?", 하면서 불안한 모습을 보였다.

"왜 그걸 이제야 말해 주는 거야……."

아이들은 거의 울 듯하였다.

"사실 말씀드리면 안 되는 일입니다. 아시잖습니까?"

그러자 아이 여섯 전부가 기사에게 달라붙어서 울먹였다. 그런 아이들을 바라보는 기사의 눈에는 걱정과 사랑이 가득했다. 기사가 할 수 없다는 듯이 천천히 입술을 뗐다.

"오늘 시험이 성(星) 라이제의 북부 가문들에 관해서라 하였습니까? 저라면 대모(代母)와 관련된 문제들을 중점으로 물어볼 것 같습니다. 대모와 그분의 딸들. 그리고 인척으로 얽힌 가문들에 대해서만이라도 준비해 두시는 게 좋겠습니다."

"정말?"

"저라면 그렇다는 말씀입니다. 그러니 어서 들어가서 준비들 하세요. 주군께서 화나시면 무섭지 않습니까. 지금도 늦었습니다. 어서요."

나는 괴물에 쫓기듯 뛰어가는 아이들과 그 아이들의 곁에 바짝 따라붙는 기사의 뒷모습을 지켜보았다.

기사를 잡아다가 녀석으로 위장해서 들어가 볼까도 생각해 봤다. 하지만 꼭 성에 머물러서 지켜보지 않아도, '놈들'이 나타난다면 낌새를 알아차릴 수 있을 것이다.

일단은 해안의 작은 민가촌에 바다 너머로 전갈을 보낼 수 있을 시설이 갖춰져 있을 리가 없어, 인근의 항구 도시로 이동하기로 했다. 그곳은 영주 성에서 이어진 외벽의 끝 먼 쪽으로 보였다.

물론 영주 성에 걸린 깃발을 확인하는 것도 빼놓지 않았다.

해상 왕국 벨루스의 영토에서 까마귀 문장을 쓰는 가문이라……

성 마루스의 정세에 관심이 크게 없다고 해도, 어쩔 수 없이 알게 되었던 유명 가문들의 문장들이 있다. 해상 왕국 벨루스는 별 볼 일 없는 소왕국이었지만, 까마귀 문장을 쓰는 가문의 위세는 그들 왕국의 이름을 뛰어넘었다. 당시에는 오히려 해상 왕국 벨루스가 이 가문의 덕을 보고 있었던 것으로 기억한다.

가문의 이름은 모른다. 지금도 그렇지만 당시에도 알 필요 없었다. 그저 북쪽 바다를 중심으로 거국(擧國)적인 사업을 하는 가문이 까마귀 문장을 쓰고 있다는 것만 알고 있어도 충분했었다.

그런데 백여 년이 흐른 지금도 가세가 기울기는커녕, 더욱 번성했다.

그 사실은 미 정부의 연안경비정들이 본교의 섬을 포위하고 있던 장면을 연상케 할 정도로 가득한, 항구 선착장과 인근의 바다에 떠 있는 범선들의 수를 세 보면 충분히 알 수 있는 것이었다.

해안을 따라 항구도시로 들어가는 순간부터 사람들의 이목이 내게 집중됐다.

총단의 의복 때문.

개중에 아는 체를 해 오다가 내 눈빛을 받고 물러난 것들이 상당했으며, 해안 쪽 문을 지키고 있던 경비병들의 태도도 이방인에게 향하는 것치고는 무척이나 정중했다.

의상점부터 찾아 이 성가신 옷부터 바꿔 입었다.

그 후에 항해선 편으로 아가사에게 보낼 전갈을 썼다.

[죽은 자들의 왕을 까마귀 둥지로 불러냈다. 이리로 오거라.]

*       *       *

로도스에게 깃들었던 조각의 파편은 다른 것들과 비교해 상대적으로 크기가 크다고 했다. 그래서 그것이 새로운 대상으로 이동한 것을, 놈들이 놓칠 리 없다는 것이었다.

그랬던 드래곤의 말은 틀리지 않았다.

그날 밤.

성으로 향하던 수레꾼들 중 하나에게서 사이한 기운을 발견했다.

역용을 한 것은 아니었고, 일단 겉으로 보기에도 특이할 점 하나 없는 평범한 중년인에 불과했다.

나도 수레꾼을 쫓아 성안으로 잠입했다. 흥미로운 일이 일어나고 있었다.

수레에 실린 짐들을 내려놓고 있던 수레꾼에게서 검은 기운이 쑥 빠져나와, 그들에게 지시를 내리고 있던 병사 안으로 들어갔다. 마치 조각의 파편이 사내아이의 몸에 들어갔을 때처럼, 그러한 현상을 누구도 눈치채지 못했다.

검은 기운이 몇 번을 더 이동했다.

병사에게서 병사로, 병사에게서 시녀로, 시녀에게서 다른 시녀로. 그렇게 뜰에서 성 깊숙이 들어가며 사람을 갈아타던 검은 기운의 최종 정착지는 한 중년 여성이었다.

그때 중년 여성은 발가벗은 사내아이의 몸에 약을 발라주고 있었다. 사내아이의 온몸은 멍투성이로, 결국 시험을 망친 모양이었다.

"아버지께선 나를 왜 이렇게 미워하시지? 유모도 내가 미워?"

사내아이가 울면서 고개를 돌리자, 엉망이 된 얼굴이 등잔 불빛 아래로 고스란히 드러냈다. 중년 여성이 사내아이를 가슴 안으로 껴안았다.

그러며 아이의 귀에 대고 조용히 속삭였다.

"그렇지 않아요. 도련님들과 아가씨들 중에 가장 심하게 혼나신 분이, 우리 보나 도련님이지요? 전 그 사실이 자랑스러운걸요."

"왜."

"그만큼 성주님께서 우리 보나 도련님에게 기대를 걸고 있으시다는 것이니까요."

"유모는 아무것도 몰라."

"그러니 준비를 철저히 하셨어야죠. 오늘 시험이 뭐였

어요?"

"오르카 경이 알려 준 게 나왔어. 하지만 시간이 없었어. 문장이며 이름이며 다 비슷비슷하고 너무 많잖아. 그걸 전부 외울 수 있는 사람은 아무도 없을 거야."

"로즈 아가씨는 유력 가문들뿐만 아니라 가신 가문들의 문장들을 많이 알고 있었어요."

"······누나만 빼고."

"도련님이 로즈 아가씨와 얼마나 많이 닮았는지 많이 말씀드렸지요? 도련님도 로즈 아가씨만큼 총명하세요. 다만 노력을 안 하시는 거예요."

"누나가 보고 싶어."

"오늘은 로즈 아가씨가 황후님의 시녀로 발탁되기 위해서, 얼마큼 노력하시고 공부하셨는지 꼭 들려드려야겠어요."

"누나만큼 공부 열심히 하면, 나도 황실로 들어갈 수 있을까?"

"황실에 들어가시고 싶으세요?"

"아버지도 훌륭한 재무 장관이셨어."

"재무 장관이 되려면 더 더욱이 공부를 열심히 하셔야겠어요."

"유모. 그러니까 오늘은······."

"오늘은 같이 잘까요?"

"정말?"

검은 기운이 깃든 여성과 조각의 파편이 깃든 사내아이가 나누는 것치고는 너무도 평이했다. 하지만 아직은 나설 때가 아니라서 계속 은신한 채로 중년 여성을 주시했다.

검은 기운이 깃들어 있으나, 정작 그것이 정체를 드러내지 않고 있었다.

그러던 그때.

여성이 걸터앉아 있던 침대에서 일어나 문을 걸어 잠갔다. 평상시에는 좀처럼 없었던 일임이 틀림없게도, 사내아이가 문을 잠그는 이유에 대해서 물었다.

여성은 아무런 대답 없이 옷을 벗기 시작했다.

사내아이가 나이가 어린 꼬마에 불과해도, 남자는 남자였다. 이불을 끌어 당겨 얼굴을 가렸는데 코언저리까지였다.

성적 호기심이 가득한 눈을 빼꼼히 내밀어 여성의 풍만한 몸매를 바라보았다. 그러다 여성과 눈이 마주쳐서 이불 안으로 숨어 버리는 것이었다.

여성이 피식 웃었다.

그러고는 발가벗고 있는 사내아이의 이불 속으로 들어갔다.

"도련님. 많이 아프세요?"

사내아이는 문득 부끄러워졌는지, 여성으로부터 등을 돌렸다.

"아프지 않게 해드릴게요."

"유……유모가 뭘 하려는 지 알아."

"알아요?"

"비르 형이 들려줬어. 남자하고 여자 말이야…….."

"그래요?"

여성이 호호 웃으며 사내아이를 뒤에서 껴안았다.

"가여워서 어떡해요. 우리 보나 도련님. 이렇게나 크셨는데."

"응?"

사내아이가 그렇게 반문하며 몸을 돌리려던 그때였다.

갑자기 여성이 사내아이의 목을 두르고 있던 팔에 힘을 주었다. 사내아이가 발버둥 치기 시작했다. 그러나 성인 여성의 힘을 이겨 낼 수는 없던 터라, 작은 두 손으로 제 목을 조르고 있는 팔을 긁어 대는 게 전부였다.

"도련님에게는 나타레 가문의 피가 흘러요. 지금은 이 렇게 가엽고 착하신 분이시지만 언젠가는 성주님처럼 포 악하게 변하실테죠. 그렇게 두지 않겠어요. 부디 지금처 럼 있어 주세요."

여성이 말도 안 되는 미친 소리를 속삭이면서 더 세게 아이의 목을 졸랐다.

결국 저항하던 아이의 움직임이 멈추던 때가 왔다. 부들부들 떨리던 고갯짓도 더 이상 없었다.

아이의 숨이 끊어지기 일보 직전, 나는 어둠 속에서 모습을 드러냈다.

뒤로 튕기듯이 날아온 여성의 목이 내 손아귀 안으로 잡혀 들어왔다. 나는 여성의 머리칼을 잡아 내 쪽으로 고개를 꺾어, 그 안의 눈을 들여다보았다.

여성의 두 눈동자가 파리하게 흔들렸다.

"누, 누구!"

"거기에 있군."

"살려주세요……."

"기다려라."

"무, 무슨 말을 하시는지 모……."

그때였다.

"큽!"

여성이 말을 끝마치지 않고서 제 혀를 있는 힘껏 물어버렸다.

나는 부쩍 무게가 실려진 여성을 바닥에 내팽겨쳤다. 그때부터 여성의 벌려진 입에서 피가 쉴 새 없이 나왔다.

그렇게 오래 지나지 않았다.

여성의 숨이 끊기던 순간, 축 늘어져야 할 그녀의 몸이 도리어 빳빳하게 일어섰다. 죽은 자의 흐릿한 동공이 나를 빤히 쳐다본다.

"나.를.유.인.한.것.이.었.군.쓸.데.없.는.짓.을.했.다. 교.주."

죽은 자 특유의 생기 없는 음성이 목에서 긁어져 나왔다. 혀가 잘렸어도 목소리가 또렷했다.

그러던 문득, 여성의 고개가 천천히 들려져 허공을 쳐다보았다. 놈도 지금 존재를 드러낸 드래곤의 시선을 알아차린 것이었다.

쉬익.

내가 손가락을 그어 그 시선을 갈라 버리자, 여성의 고개가 내 쪽으로 돌아왔다. 놈은 내가 드래곤의 시선을 갈라 버린 이유를 눈치챈 것 같았다.

"본좌에게서 도망칠 수 없다."

"본.좌.라.실.로.오.래.만.이.구.나.오.거.라.교.주."

바닷바람에 실려 온 살점 썩는 냄새가 몹시 지독했다.

놈은 그때 그 차림이었다.

백여 년이 흐른 세월이 고스란히 깃들어, 다 낡고 헤진

옷에는 색채가 조금도 남아 있지 않았다. 군데군데 늘어지고 구멍난 안으로는 핏기 하나 없는 피부가 보였다. 그런데 란테모스와는 달랐다. 녀석은 피골이 상접할 뿐이었지만, 놈은 땅속에 오랫동안 묻혀 있던 시체가 일어난 꼴이었다.

그러나 두 눈에서 어른거리고 있는 기운만큼은 심지어 드래곤의 섬광(閃光)같이 뚜렷했다.

해안 위의 칠흑 같은 밤에서 번뜩이는 안광이 세상을 오시하고 있다가, 내 쪽으로 옮겨졌다.

혹 란테모스를 데리고 왔을까 싶어 찾아봤지만, 녀석은 아직 부활하지 않은 것인지 어디에도 느껴지지 않았다

"듣던 대로군. 죽고 싶어도 죽지 못하는 몸이 되었구나."

내가 뇌까렸다.

일격에 놈의 목을 베어 버리고 싶은 충동에 온몸의 감각과 근육들이 꿈틀거려 댔다.

하지만 참는다.

놈에게 확인해야만 하는 게 있었다.

"드래곤이 무엇을 제안하였는가? 교주."

놈이 말했다.

음성 전체가 사이한 기운으로 똘똘 뭉쳐 있었다. 거기서 자연히 풍겨 나오는 죽음의 기운만으로도, 해안의 작

은 생물체들이 생명을 빼앗기고 있었다.

"네놈을 죽이면, 레드 드래곤을 설득해 그 계집을 내게 넘겨주겠다고 하였지."

"그 말을 믿지 않는군."

"네놈의 목을 아직 베지 않고 있는 이유지."

놈은 '죽음'이란 개념이 없어졌다는 듯이, 조금도 반응하지 않았다.

"나는 죽지 않는다. 교주."

"네놈이 드래곤을 증오하는 이유를 왜 모를까. 그러니 조각의 파편들을 모으는 이유를 지금 내게 설명해 줘야겠어. 본좌가 만났던 드래곤은 그걸 숨기려 하더군."

놈의 넝마가 바람에 펄럭 거렸다.

그때마다 드러났던 부패한 팔이 천천히 들어져, 긴 손톱이 나를 가리켰다.

"마검을 잃었군."

숨길 것도 없었다.

그런데 어떤 생각 때문인지 놈의 입꼬리가 올라갔다.

"그렇다면 교주는 원치 않아도 나를 돕게 될 것이다. 그것이 교주가 돌아갈 수 있는 유일한 방법이다."

나는 들끓는 살의를 짓누르며 힘들게 고개를 까닥였다.

어디 한번 말해 보라는 뜻이었다.

"오래전에 교주가 거절했던 제안을 또 하게 되는군. 그때가 기억난다…… '나와 합심하여 저 신들을 죽입시다.'라고 하였던가."

"본좌가 그래야 하는 이유가 무엇이더냐."

"교주야말로 알고 있을 것이다. 드래곤은 교주에게 백운신검을 줄 수 없다. 그것은 곧 이 시공의 죽음이지 아니한가."

놈의 차가운 눈빛에서 읽을 수 있었다. 놈은 내가 드래곤이 아닌, 놈의 편에 서서 싸우게 될 것이라는 걸 자신하고 있었다.

"오래전에 백운신검……이 내게 들려준 것이 있다. 교주가 내게 가지는 원한 그리고 복수. 그 모든 게 사라지게 된 '모래시계'에 대한 것이었다."

제6장

문답무용(問答無用)

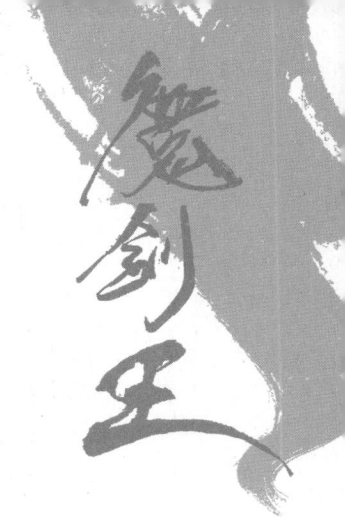

　모래시계.

　그 한마디에 나는 신선한 충격을 받았다. 놈도 그것만
언급하면 전부 설명된다는 것을 알고 있어서, 더는 말이
없었다.

　놈을 죽이는 것과 백운신검을 취해 시공을 자유로이 오
갈 수 있는 것, 그 둘 중의 하나를 고르라면 당연히 후자
다. 백운신검을 취하게 되면 전자도 자연히 따라오기 마
련이니까.

　그런데 모래시계까지 언급한 놈이, 그걸 모를 리가 없
을 텐데…….

나는 내색하지 않고 물었다.

"어디로?"

"지하에 봉인되어 있던 문을 열기 전으로다."

놈의 태도로 보건데, 놈은 인과율의 조각을 이용하여 시공을 무(無)로 되돌릴 방법을 알고 있었다. 일단은 그렇게 어린 시절로 돌아가려는 것으로 보였다.

"그때 본좌와 백운신검은 여기에 없었다."

"교주와 백운……신검은 공허(空虛)로 떨어질 것이다. 하지만 교주는 백운신검을 가지게 될 테니, 중원이든 교주의 세상이든 돌아갈 수 있을 것이다."

백운신검을 언급할 때마다, 놈은 비틀리는 감정을 고스란히 드러냈다.

그것은 일전에 내게 보였던 적개심보다도 더 신랄했다. 둘은 완전히 틀어져 있었다.

어쨌든 생각할 시간이 필요했다.

"공허라……."


아마도 문명을 이룬 두 행성이 가까이 자리하고 있기 때문일 것이다. 아마도 신적인 존재가 현존해 왔기 때문일 것이다.

그래서 이 세상의 천문학은 우리 가족들의 세상에서 이

룩한 천문학과는 또 다르게 발전하였다. 눈에 보이지 않는 세계를 심층적으로 파고들어, 차원을 명백히 인지, 탐구하면서 많은 사실들을 밝혀냈다. 공허의 존재도 그렇게 발견되었다.

아무것도 존재하지 않는 무(無)의 영역. 어느 차원에도 속하지 않은 영역.

그곳은 이 세상에서 지극한 공포의 대상으로 여겨져 왔다. 흑천마검만 하여도 란테모스를 위협할 때 공허를 언급하지 않았던가.

*　　　*　　　*

"교주는 공허에 던져졌던 어린 시절의 나와는 다르다. 지금의 교주는 반인반신."

옥제황월이 말하던 바로 그때였다.

한 인형(人形)이 새하얀 머리카락을 휘날리며 공간을 찢어 나타났다.

"공허로 떨어지는 것은 교주뿐이에요. 그자를 죽여요! 나는 저자에게 속박되어서, 저자가 이 세상에 있는 이상 나 역시 이 세상에서 벗어날 수 없어요!"

마치 본인이 선(善)인 것처럼 굴지만, 간악하기로는 흑천마검과 비할 데 없는 것!

"백운신검!"

옥제황월은 드래곤이, 백운신검은 옥제황월이 거짓말을 하고 있다 하지만!

이 세상의 복잡한 사정 따위는 알 바 없지!

나타난 이유가 무엇이든, 저 계집만 잡으면 전부 끝난다.

나는 백운신검의 목소리를 듣자마자 바로 튀어 올랐다.

"이녀어어언!"

옥제황월도 원한 섞인 귀곡성(鬼哭聲)을 지르며 내 옆에 바짝 따라붙었다. 이로써 더 분명해졌다. 놈도 나와 흑천마검처럼 백운신검과 완전히 틀어진 것이었다.

그때 진로를 가로막는 게 있었다.

드래곤의 그 힘이다.

보이지 않는 거대한 압력이 사방에서 나를 짓누르며 들어왔다.

하지만 전과는 다르게, 그것이 내 내장을 터트리는 일은 일어나지 않았다. 오히려 내가 밀어낸 힘뿐만 아니라 마침 더해진 옥제황월의 검은 기운이 압력을 분산시켰다.

놈과 나의 합력(合力)은 일시적인 것이었을 뿐, 압력이 사라지자마자 시선 앞으로 불쑥 끼어드는 놈의 부패한 손이 보였다.

동시에 여러 가지 광경이 들어왔다.

검은 기운, 성질이 다른 두 붉은 기운, 하얀 기운.

수없이 나눠지면서 뻗친 기운들이 얽히고 부딪치고 비껴 나간다.

사정없이 나부끼는 온갖 기운들의 향연 안으로 그것들이 보인다.

인간형으로 나타난 백운신검. 그 계집에게 귀신같이 달려드는 옥제황월. 백운신검의 머리 위로 찢어 있던 공간에서 드러난 거대한 붉은색 눈동자 하나.

그러나 넷 중에 단연 우세한 건 나다!

어딜!

나는 옥제황월의 발목부터 뒤로 잡아당겼다.

극렬(極烈)하게 타오르는 화염에 휩싸인 옥제황월이 내 시선 안에서 사라지고는, 그렇게 나는 비로소 백운신검의 목을 움켜쥘 수 있을 것 같았다.

그런데 더 찢어진 공간에서 드래곤의 나머지 눈이 더 나타나는 것이 아닌가.

그때 짓눌러 터진 피부 틈 사이로 지방질이 빠져나오는 것이 보였다. 통증도 있었다. 하지만 그러한 환각과 환통 쯤이야, 곧바로 간파했다.

환각과 환통이 나를 건드렸던 찰나에 백운신검은 위로

솟구치고 있었다.

계집이 아슬아슬하게 내 기운을 피하며, 어느새 들이밀어 진 드래곤의 거대한 머리 위에 올라섰다. 그러면서 휘둘러진 계집의 손짓에서 예기(銳氣)가 날아들고, 드래곤의 아가리에서 뻗친 화염이 온 시야를 가득 채웠다.

보이는 것이라고는 온통 드래곤의 화염뿐이다. 하지만 육안으로 보이지 않는다고 해서 백운신검의 예기를 느끼지 못하는 것은 아니었다.

철저하게 내 목숨을 노린 백운신검의 공격이 공간을 찢으며 날아들었다.

한 손으로는 화염을, 다른 한 손으로는 백운신검의 공격을 상대했다.

부딪치자마자 모를 수가 없었다.

한 번에 둘을 상대하는 것은 역부족이다.

이 빌어먹을 것들은 내가 몸을 피하는 것을 가만히 두지 않았다.

둘 중 하나에게 내 뭔가를 내주어야 했다.

나는 고민하지 않고 백운신검 쪽에게 내 팔을 내주었다.

크윽.

짜릿한 고통을 무시하고, 벌어진 타이밍에 그쪽으로 쏟았던 힘을 드래곤이 내뿜는 화염 쪽으로 쏟았다.

그런데도 세상이 반전(反轉)됐다.

빠른 속도로 떨어지고 있다는 것을 인지하자마자, 지면과 충돌하면서 온갖 흙먼지가 얼굴로 쏟아져 들어왔다.

몸이 계속 지반 깊숙이 처박힌다. 하지만 백운신검의 공격은 없다.

"Ρεςτωρατηων."

재생 마법 하나를 토하며 지상 밖으로 나왔다.

잘려진 단면에서 팔이 자라는 속도가 '극한의 시간대'에서 벌어지는 찰나의 상황들을 좇아가지 못했다. 신경과 혈관이 이어지고 근육이 덮어지는 광경이 느린 재생 화면만큼이나 답답하다.

바깥은 녹았다가 다시 굳어 버린 돌가루들이 아무렇게나 날리고 있었으며, 하늘에서는 압풍에 강타당한 옥제황월이 떨어지고 있었다.

아니, 옥제황월의 전신이라고 생각했던 그것은 목과 팔다리 전부가 잘린 몸뚱이에 불과했다. 그러면서 또 내게 당했던 화염까지 여전히 달고 있었다.

내게 돌아오는 백운신검과 붉은 드래곤의 두 눈길이 느껴졌다.

그것들의 살의(殺意)에 아직 자라지 못한 팔에 형용(形容)화된 강기를 덮어, 하나의 팔처럼 썼다. 명왕단천공도 그러길 원했고 실제로, 백운신검의 공격을 모두 갈라 버릴 수 있었다.

그런데 드래곤이 움직이고 있는 힘 전부까지는 아니었다.

전신을 바스라트릴 만한 충격과 함께 날려졌다.

그런 상태에서 봤던 게 있었다.

나는 나뒹굴다가 몸을 일으켰다. 내 손에는 잘린 옥제황월의 머리칼이 잡혀져 있었다. 끔벅거리던 거기의 눈과 시선이 마주쳤다.

우리는 어떤 말을 나누지 않았지만, 서로 시선이 마주치는 순간 우리가 해야 할 일들을 알았다. 그래서 머리 없이 움직이는 옥제황월의 몸이 접근하는 것도, 내 손에 쥐어진 제 머리를 가져가는 것도 막지 않았다.

백 년이 넘은 시간을 쫓아가기 힘들다.

차원과 관련된 우주적인 사건이나 원수와 힘을 합쳐야 하는 상황은 물론이거니와, 잠자리에서 유혹할 줄이나 알던 계집이 이제는 광증 도진 도살자처럼 예기를 날려 오는 것이 그렇다.

나는 옥제황월과 함께 사방에서 날뛰는 새하얀 기운과 틈을 만들어대는 압력들을 갈랐다. 놈도 이번만큼은 사악한 흑마법사가 아닌, 제대로 된 무공 고수처럼 움직였다.

백운신검의 예기가 갈라질 때마다 만들어진 하얀색 빛

무리가, 마찬가지로 상쇄되는 압력의 파동 속으로 빨려 들어갔다.

"땅으로 떨어트릴 수 있는가?"

문득 놈이 뇌까렸다.

놈에게 무슨 수가 있는 듯싶었다.

"그럼 이걸 지켜라."

나는 그렇게 대꾸한 다음, 곧장 공간이동 마법 결정을 토해 냈다.

"$T\varepsilon\lambda\varepsilon\pi o\rho\tau$"

과연 내 마법을 파훼하려는 시도가 있었다.

찢어진 공간에서 불쑥 튀어나온 하얀 손.

옥제황월이 그것을 잡아당기는 동안, 내 쪽으로 밀려오는 압력 또한 있었다. 드래곤의 힘은 만만치 않아서 선명한 나의 기운들을 그 안으로 파묻어 군데군데 끊긴 실선처럼 보이게 만들었다.

백운신검의 공격을 상대하던 옥제황월의 전신이 몇 조각으로 갈라져 무너지고, 압력이 내 쪽으로 좀 더 밀려 왔을 때였다.

비로소 마법이 완성됐다.

나는 공간에서 튕겨 나오자마자 백운신검부터 노리려 했다.

그렇지만 백운신검을 잡아채기는 여의치 않았다. 드래곤의 힘에 대항하는 찰나의 순간, 백운신검이 꽁무니를 뺐다.

그래서 아래를 내리쳤다.

드라이아이스의 하얀 연기가 자욱하게 퍼져 버리는 것과 같았다. 내 붉은 기운이 드래곤의 몸체(아마도 머리)에 부딪쳐 퍼졌다.

가뜩이나 드래곤 때문에 붉어졌던 하늘이 더 붉어졌다. 뿐만 아니라 내 몸에서 갈래갈래 뻗치는 아지랑이들은 마치 붉은 뇌락 같은 형상을 띠었다.

내 팔이 잘릴 때는 아무런 소리도 나지 않았으나, 드래곤을 추락시킬 힘이 부딪쳤을 때에는 달랐다.

쾅!

그건 영락없이 하늘이 무너지는 듯한 소리였다.

하늘에 떠 있던 섬, 그 지표(地表)가 쑥 꺼졌다.

두 번째 굉음.

콰아아아앙!

드래곤이 추락한 일대의 지반이 뒤엎어 졌듯이, 인근의 해수(海水) 또한 작은 웅덩이에 수류탄이 던져졌을 때처럼 치솟아올랐다. 그러면서 먼 쪽으로는 참혹한 파동이 땅을 쩍쩍 가르며 뻗어 나가고 있었다.

하지만 그것으로는 죽지 않는다. 머리를 갈라놓거나 눈알이라도 파둬야지!

대단한 소란 속에서도, 드래곤은 온몸을 비틀어대며 일어나려 했다. 그러나 일어나질 못하고 있으니, 그것이 옥제황월이 드래곤을 땅으로 떨어트리라 했던 이유였다.

해골들.

제대로 구성을 갖춘 해골이 있는가 하면, 손뼈만 덜그덕거리는 것도 있었다.

온갖 뼈들이 시체를 좀 뜯는 구더기마냥 드래곤의 아무데나 다닥다닥 붙어 있었다. 그리고 그 뼈들 주위에는 어김없이 옥제황월의 검은 기운이 서려 있었다. 잠깐이겠지만 드래곤은 붙잡혔다.

나는 그대로 떨어져 내렸다.

그러고는

와직!

뼈들마냥 붙어 있는 옥제황월의 머리를 드래곤의 비늘 위에서 밟아 터트리면서, 드래곤의 눈을 향해 몸을 던졌다.


그런데 드래곤의 붉은 눈을 바로 앞에 두고, 주인도 없이 날아든 두 손이 있었다. 옥제황월의 두 손이 내 발목을 움켜잡았을 때, 내 전신을 세로로 종단시킬 수 있는 새하얀 예기(銳氣) 또한 정수리 언저리에서 나타났다. 거기다 드래곤의 눈에서 뻗친 최후의 섬광까지.

한 번에 셋을 상대하라는 말인가!

파아앙!

나는 극성의 힘을 터트렸다. 발화가스가 가득 찬 곳에 불똥이 튀긴 것처럼, 나를 중심으로 거대한 화염이 터졌다.

온갖 힘들이 충돌했다. 붉어진 세상 안에서 사방으로 튕겨 날아가는 것들이 보이던 찰나, 나도 더는 버틸 수 없었다.

순간적인 통증과 함께 내가 만들어 낸 화염의 세상에서 튕겨져 나왔을 때, 마찬가지로 불에 휩싸인 거대한 존재도 하늘을 향해 날아오르고 있었다.

처음에는 불에 덴 듯 화끈거렸던 통증이었으나, 이윽고 아래로 쳐내려졌던 힘의 방향대로 온 장기 또한 쏠리는 고통이 번쩍였다.

"악!"

외마디 비명과 함께 한쪽 중심이 무너졌다.

보지 않아도 알았으나, 직접 고개를 내리고 보니 정말 그랬다.

왼쪽 쇄골을 관통해 들어왔던 예기가 폐를 가르고 신장 밖으로 빠져나갔다. 찰흙덩어리에서 조각칼로 뚝 떼어 낸 것처럼, 내 몸의 일부도 뎅강 썰려 나갔다.

이를 악물어 참을 수 있는 고통이 아니었다. 순간에 심장 위치를 오른쪽으로 옮겨 즉사(即死)를 면했다고 해도, 일시 방편에 불과하다.

그런데 나만 심각한 타격을 입은 게 아닌 것이 틀림없었다.

그것들도 부랴부랴, 격전지에서 떠나고 있었다.

거기서 나는 일단 고통을 관장하는 신경 작용부터 꺼버렸다.

바르르 떨리는 몸은 그대로여도, 이리저리 흔들리던 시선이나 정상적으로 생각할 수 없었던 정신은 제대로 돌아왔다.

폐부 한쪽이 잘려 나가 약어를 제대로 읊기가 힘들다.

소리가 픽픽 샌다.

겨우 재생 마법 결정을 토해 내는 데 성공하고선, 아직도 옥제황월의 손이 달려 있는 발 쪽을 신경질적으로 흔들었다. 그러자 겨우 형체만 유지하고 있던 그것이 재로 변해 흩어졌다.

일대가 조용하다.

생명을 담은 것이라고 할 만한 것은 단 하나도 남아 있지 않았다.

지반 전체가 쩍쩍 갈라지거나 크게 뭉개지고 혹은 끝을 알 수 없는 깊이로 구멍이 뚫려버렸다. 그곳에 바닷물이 끊임없이 밀려와 갑자기 녹아 굳어 버린 암석들에 부딪치며, 갈라진 틈 안으로 폭포처럼 쏟아지고 뭉개진 지반 안으로도 호수처럼 담기고 있었다.

*　　　*　　　*

해안 도시에 가득한 절규와 울음.

꽤 떨어진 곳이었음에도 불구하고, 여파가 그곳까지 닿아 있었다. 제대로 서 있는 건물은 아무것도 없이, 빠지기 시작한 바닷물 위로 죽은 시체들이 쓰레기 같은 잔해들과 함께 둥둥 떠다녔다.

한편 생존자들은 진작 고지(高地) 위로 피신한 이들로, 넋이 나간 얼굴을 한 채 밤 어둠에 잠긴 먼 아래를 바라보고 있었다. 몹시 어두워 그 아래가 얼마나 참혹한지 잘 보이지 않아도, 그들의 도시가 완전히 멸망했다는 것쯤은 모를 리가 없어서 하나같이 절망적이었다.

상황은 성 쪽도 크게 다르지 않았다.

고지에 위치해 있어서 피할 수 있던 것은 해일뿐, 가르고 지나간 몇 줄기 지반의 틈 안으로 성 전체가 붕괴되었다.

"내가 무엇을 그리 잘못했소! 왜 나요! 들려주시오! 붉은 신이여!"

아슬아슬한 절벽 위에서 소리 지르는 사내가 있었다.

살아남은 가족들이 한곳에서 벌벌 떨고 있는데, 그는 가족들을 신경 쓰는 대신 붉은 신을 저주하는 데 남은 힘을 쏟고 있었다. 조각의 파편을 담고 있는 아이, 보나도 생존자 중의 한 명으로 간신히 서 있는 어느 기사의 품 안에서 기절해 있었다.

"주인님께서…… 하신 겁니까?"

나는 대답해 줄 기분이 아니었다.

오로지 백운신검만 취하면 될 뿐이나, 거기까지 얽힌 것들이 적지 않았다.

이번 싸움으로 알았다.

다른 드래곤을 삼켰다던 블랙 드래곤이나 마족까지 생각한다면, 계산해야 하는 수가 너무도 복잡해진다. 그렇다고 어느 것과 손을 잡기에는 항상 뒤통수를 조심해야 한다.

그런데 그것들은 어디에 있는 것일까. 다시 나타날까 자취를 감춘 채 기다렸지만 끝내 나타나지 않았다. 역시 블루 드래곤이 날 속였던 것일까? 그때 그것부터 죽여 놓았어야 했나?

"주인님."

등 뒤에서 살짝 높아진 목소리가 울렸다.

"수만 명이…… 죽었습니다."

언제나 차가운 얼굴을 하고 다니는 것이 할 말은 아니었다.

고개를 홱 돌렸다. 내 눈빛을 받아 움찔하는 그녀였으나, 나를 악마 보듯 노려보고 있는 것은 여전하였다.

"틈만 나면 네 어미의 당부를 잊어버리는구나. 아가사."

모든 게 내 책임이라는 저 눈빛이 몹시 불쾌했다. 하지만 나는 엘라가 내게 바쳤던 순정과 아가사가 엘라의 딸이라는 사실을 다시 한 번 상기하며, 툭 내뱉었다.

"이 내가 재미로 사람을 죽일 것 같더냐? 실망스럽구나. 싸움이 있었다."

내가 무엇과 싸웠을지 추측할 수 있는 아가사는, 잠깐 멍해진 표정으로 할 말을 잃었다.

"저렇게 많이 사람이 죽어 버린 건 나도 안타깝군."

내가 듣기에도 어떤 감정이 하나도 실려 있지 않는 음성이었다. 아가사는 뭔가 항변을 하려다가 말고 이렇게 물었다.

"이제 계획이 무엇입니까?"

"파편부터 회수해야겠지."

비록 파편의 하나에 불과해도, 그것은 일종의 마지막 퍼즐 조각 같은 역할을 할 것이다.

아가사는 내가 바라보고 있는 시선을 따라 고개를 돌렸다.

"저 아이입니까? 기사입니까?"

아가사가 보나를 바로 알아보았다. 그런데 그랬던 아가사의 말에서 나를 향한 적개심을 느낄 수 있었다.

"아니면 둘 다 죽이실 생각이십니까?"

그 이유 때문이었다.

"성주의 아들이다."

"주인님!"

아가사가 그렇게 말하며 내 앞을 가로막듯이 섰다.

"네가 이토록 인명을 소중히 여기는지는 몰랐군. 행성 전쟁의 영웅, 그런 명성을 얻으려면 얼마나 죽여야 하는지 이 내가 모를까. 잊지 말거라. 아가사. 나는 지금 전쟁 중이다. 다만 그 영역이 지금껏 네가 알고 있던 영역과는 차원이 다를 뿐이지."

"그래도 아직! 어린아이입니다."

"그래서 넌 아이를 한 번도 죽여 본 적이 없다는 것이냐?"

순간 아가사의 두 눈이 흔들렸다.

"크크크…… 나는 없지. 너 같이 건방진 계집이라면 몰라도, 아이는…….."

죽인 적 없다고 말하려 했다. 하지만 바그다드에서 있었던 일이 퍼뜩 떠올랐다. 흑천마검의 의지에 의해서였지만, 완전히 내가 하지 않은 일이라고도 할 수 없는 일이었다.

더는 생각하기 싫었다.

"그리도 바란다면 저 아이는 네가 책임져라. 단 내게 방해가 되지 않도록 해야 할 것이다. 내게 방해가 된다면, 그때는 다시 생각해 볼 수밖에 없겠지. 그리하겠느냐?"

아가사는 즉시 그렇게 하겠다고 대답했다.

"할 수 있다면 데려와 보거라."

휘이익.

웬 여성이 놀라운 몸놀림으로 빠르게 접근하자, 기사들이 그 앞을 막아섰다. 가뜩이나 어마어마한 참상과 마주하고 있던 그들이기에 상대를 향한 경계심은 몹시 날이 서 있었다.

"누구냐!"

기사들 몇몇에게서 후천진기의 움직임이 엿보였던 그때.

"나는 마테르 필리아 아가사. 대모(代母)의 딸이자, 대설원의 군주이니라."

아가사가 그녀다운 차가운 어조로 말했다.

　　　　*　　　*　　　*


　절벽 위에서 절규하고 있는 성주 대신, 성주 부인이 아
가사를 상대했다. 하지만 성주 부인도 그렇게 제정신은
아니었다. 제정신인 사람 또한 그렇게 많지 않아서, 아가
사의 옷자락을 붙잡고 미친 듯이 울어 대는 성주 부인을
말리는 사람이 없었다. 불굴의 정신으로 이성을 똑바로
차리고 있는 사람들은 거의 다, 잔해에 깔린 사람들을 구
하는 횃불 든 무리 안에 있었다.

　"왜 지금인가요. 왜요."

　성주 부인이 엉망인 채로 말했다. 평소 성주 부인의 품위
를 유지시켜 주었을 시녀들은 더 이상 그녀 곁에 없었다.

　"부인. 나타레 가문뿐만 아니라 부인의 가문에게도, 이
로운 제안입니다."

　아가사가 부인의 사정 따위는 생각하지 않는 듯, 엄격
하게 말했다.

　그러나 그것으로는 부인의 정신을 돌리기에는 역부족이
었다.

　"내게 뭘 더 뺏어가려고요. 돌아가세요. 돌아가 주세요.
제발."

부인은 그냥 울고 또 울었다. 어떤 말도 들리지 않는 모양이었다.

아가사는 부인이 제정신을 차리길 기다리는 것 같았다. 하지만 부인의 정신을 차리게 만든 건 시간이 아니라, 갑자기 나타난 성주가 올려붙인 따귀였다.

짜악!

"마테르 총단에서 오신 분 같소만, 신분을 다시 밝혀 주시겠소?"

아가사는 성주를 차갑게 노려보면서도, 그의 바람대로 해 주었다.

"자식 중에 '비르'라는 아이가 있소. 그놈을 데려가시오."

"내가 원하는 건 저 아이다."

아가사의 대답했다.

뭔가를 눈치챈 성주의 눈에서 이채(異彩)가 떠올랐다가 사라졌다.

"내 자식을 데려가려면 그만한 값을 치러야 할 것이오."

"무슨 소리예요! 누구도 안 돼요! 우리 자식이라고요! 아니, 나타레 가문의 피가 흐르는 당신의 아들이에요! 제발!"

"사내아이는 더 낳으면 돼!"

성주가 부인을 때리려는 시늉을 하자, 어디선가 피 흘

리며 나타난 시녀 하나가 그 앞에 넙죽 엎드렸다.

성주는 시녀를 발로 차 버린 후에 부인 또한 신경질적으로 밀쳤다. 그러고는 제 발목을 붙잡으려는 부인의 손길을 뿌리치며, 사내아이를 향해 성큼성큼 걸어갔다.

기사가 군소리 없이 성주에게 사내아이를 인계했다.

"내게 무엇을 주시겠소?"

성주가 정신 잃은 사내아이를 겨드랑이에 끼고 와서 물었다.

"몰락의 순간에, 감사하지 못할망정……."

아가사의 얼굴은 차분하지만 눈빛은 매섭다. 그러나 성주는 피가 두 눈을 가려 보이지 않는지, 제 할 말만 소리 높였다.

"특상(特上)급 채석장과 광산 그리고 몇 개의 선단을 가지고 있소. 그것들만큼은 지켜야겠소. 하이에나 같은 것들이 내게 닥친 이 끔찍한 불행을 놓칠 리 없을 테니 말이오. 당신이 내게 그러는 것처럼."

그가 계속 말했다.

"그럼 내 자식들을 데려가 종마(種馬)로 쓰든, 노예로 부리든 상관치 않겠소. 데려가고 싶은 만큼 다 데려가시오. 어찌하시겠소?"

그래도 아가사가 대답이 없자, 그가 아가사의 면전으로

얼굴을 들이밀었다.

"대모께서 카를 대제께 서신 한 통만 보내면 되는 거요."

계속 침착하던 아가사의 얼굴이 비로소 일그러졌다.

"필리아 아가사의 이름으로 지원을 약속하겠다."

"안 되지. 안 돼."

아가사의 표정을 계속 살피고 있던 성주가 괴상한 웃음을 보인 뒤, 뒤쪽으로 손을 내밀었다. 곁에 있던 기사가 그손에 검을 쥐여 주자마자, 검날이 보나의 목으로 향했다.

아가사뿐만 아니라 모두가 놀랐다. 검을 쥐여줬던 기사또한 말이다.

"대모께서 카를 대제께 보내는 서신 한 통이오. 그럼아무도 죽지 않소. 필리아 아가사. 대모의 딸이자 대설원의 군주여."

성주는 진심이었다. 하지만 경외하는 대모의 이름이 거론되고 있는 것만으로도, 아가사는 결정을 내리지 못하고있었다.

"이……."

차가운 얼음 공주의 모습은 온데간데없이 사라지고, 노골적인 경멸과 분노만이 강렬했다.

이따위 것을 듣고 있어야 하다니.

획.

아가사 옆으로 이동했다.

그때, 아가사가 눈이 부릅떠지기 무섭게 반사적으로 외쳤다.

"안 됩니다! 오늘만 수만 명이 죽었습니다!"

그런 다음 아가사는 성주를 향해 빠르게 말했다.

"그대의 바람대로 될 것이다. 이제부터 나타레 가문의 보나는 그대의 자식이 아니다."

<br>

＊　　　＊　　　＊

<br>

그날 밤.

이 작은 소년에게는 많은 일이 일어났다. 유모에게 죽임을 당할 뻔했고, 천재지변으로 무너진 성과 도시를 보았으며, 가문으로부터 버림받아 노예의 신분으로 전락했다.

정작 아가사는 그런 소년을 구해와 놓고도 살갑게 대하지 않았다. 오히려 시종일관 차가웠으며, 나뭇가지 하나를 꺾어 회초리로 썼다.

나는 아가사가 보나를 그렇게 대하는 것만이 내게서 보나를 보호할 수 있는 방법이라는 오착에 빠졌던 것으로 생각했다. 그러나 내가 자리를 비우고 돌아왔을 때 보나의 몸에 생채기가 더 생긴 것을 보니, 나와는 상관없던 일이라는 것을 알 수 있었다. 아가사는 그냥 엄격한 것이었다.

보나에게서 성주 부인이 억지로 쥐여 보낸 부인의 손수건을 빼앗고선, 보는 앞에서 갈기갈기 찢어버릴 정도로 말이다.

"어디에 다녀오셨습니까?"

아가사가 물었다.

어디긴. 짐승만도 못한 것을 죽이고 왔지.

나는 그렇게 대꾸하는 대신 이렇게 말했다.

"서신 따윈 집어치워라. 네 어미를 귀찮게 할 것 없다."

아가사는 그 말뜻을 퍼뜩 알아차리고는, '역시' 하는 표정을 보였다.

"짐승 같은 것과 거래라니. 이번에는 이렇게 넘어간다만, 다음에도 그런 꼴을 보인다면 너를 네 어미에게 다시 되돌려 보낼 것이다."

"예."

인과율이 아가사를 내게 보낸 이유가 뭔지 알 것 같았다. 내 인내심의 한계가 어디까지인지 지켜보고 조롱하기 위해서!

나는 구석에 쓰러져 잠든 보나를 가리켰다.

"차차 괜찮아질 겁니다."

아가사가 말했다.

"비슷한 자식이 있었던 모양이지?"

"없습니다."

"의외군."

여기는 해안에서 멀리 떨어진 어느 마을의 주점이다. 해안에서 밤중에 일어난 일이 아직 닿지 않아, 조용하기만 한 마을이었다.

밤중에 써 버린 마법들을 채운 뒤 운기행공을 하면서 아침을 맞이했다. 내가 일련의 작업들을 마친 후, 아가사는 바깥에 나갔다가 새로운 옷가지들을 가지고 들어왔다.

그동안 보나는 진작 잠에서 깼으면서도 아니 그런 척을 했다. 아가사가 회초리를 들고 보나의 등짝을 찰싹 때렸다.

보나는 신음만 흘릴 뿐 다른 말을 하지 않았다.

내가 봤던 보나는 쾌활한 소년이었는데, 지금은 한없이 어둡기만 했다.

어젯밤의 충격이 꽤 컸던 탓이겠지. 한동안 헤어 나오지 못할 것이다.

"역시나 데리고 다닐 수 없겠군."

내가 뇌까렸다.

"잘 가르쳐 놓겠습니다."

아가사가 살짝 당황하며 내 눈치를 살폈다. 아가사는 아직도 나를 빨간 망토를 노리고 있는 늑대쯤으로 여기고 있는 거 같았다. 아니면 살아 움직이는 공포의 재앙쯤이나.

"넌 아닌 것처럼 말하는구나."

"……."

아가사의 미간이 살짝 꿈틀거렸다.

"어딜 가시려는 것입니까?"

그때, 아가사가 내 행동을 눈치채 물었다.

"드래곤. 그 거짓말쟁이."


＊　　＊　　＊


골드 드래곤이 내게 준 트라우마는 오랫동안 나를 괴롭혀 왔다.

그래서 블루 드래곤과 1:1의 상황에서 싸우지 않은 이유도, 비단 우리가 싸우면 다른 존재가 눈치채게 될 것이라는 블루 녀석의 거짓말 때문만은 아니었다.

그러나 이제 녀석을 찾아가는 데 어떤 거리낌이 들지 않는다.

내 일격에 추락하던 레드 드래곤의 모습이 아직도 두 눈앞에 어른거리며, 지금 주먹에도 그때의 무게감이 여전히 담겨 있다.

어느새 나는 놈들에 대한 트라우마를 극복했다. 그것

말고는 지금의 내 마음 상태를 설명하기에 적당한 것이 없었다.

심연(深淵).

나는 일전에 초대받았던 깊은 바닷속으로 공간 이동했다.

바닷물이 전신으로 쏟아져 들어왔다. 여전히 어둠으로 가득한 그 안에서 블루 드래곤의 거대한 몸체가 보였다. 다행히 녀석은 아직 여기에 있었다.

역시나 신경을 짜릿하게 세우는 긴장은 큰 결투를 앞둔 전사의 본능일 뿐, 더는 학대받고 자란 아이의 두려움 따위가 아니었다.

─ 거짓말을 했더군.

내가 뇌까렸다.

심해어들이 먼저 반응했다. 어떤 것은 어둠 속에서 빛을 내며 도망갔으나, 어떤 것은 나를 쫓아내는 미친 짓을 자행하다가 콱 터졌다.

푸른빛을 담은 거대한 두 눈이 떠지자, 어둠에 잠겨 있던 심연 전체가 퍼렇게 변하며 세상이 환해졌다.

지금껏 산맥 같은 자태로 몸을 눕히고만 있던 녀석이 처음으로 몸을 일으켰다. 맞은편 먼 쪽으로 녀석의 두 눈이 내 시선과 가지런히 닿는다.

그때부터 명왕단천공이 나를 재촉하기 시작했다. 그 눈에 주먹을 꽂아 넣으라고.

— 그랬던 이유도, 도망가지 않고 여기에 남아 있는 이유도 있겠지.

— 반신의 그릇이여.

— 하지만 이제는 네 입에서 나오는 어떤 말도 듣고 싶지 않다. 다시 확인해 보지. 우리가 싸우면 다른 녀석들이 나타나는지. 어제는 블랙 드래곤이나 마족이란 것들은 나타나지 않았으니까.

— 그대가 지금 일을 그르치고 있다.

— 문답무용(問答無用)! 네놈의 말을 듣느니, 일단 취하고 봐야겠다.

처음부터 그랬어야 했지.

쏴아아아!

나는 칼날처럼 쇄도해 들어오는 거친 해류(海流)를 뚫고 나갔다.

지금껏 실물로 존재하고 있다고 생각했던 놈이 영체(靈體)라는 사실을 깨달은 건, 바로 그때였다.

내가 영체를 뚫고 지나가자 그것이 아무렇게나 흔들리다가, 다시 제 모습을 갖췄다.

실물을 갖추지 않았다고 해서 능력이 없는 것이 아니

다. 골드 드래곤이나, 레드 드래곤이 보여 주었던 그것들의 힘이 바닷물까지 밀어내버리며 나를 압박해 들어왔다.

그러나 내가 똑같은 수로 압력들을 상쇄하기 시작하자, 나를 바라보는 드래곤의 눈빛이 달라졌다. 인간의 감정을 받아들였다는 것은 거짓말이 아닌 모양이었다.

도망가지 않고 여기에 남은 이유는 알았고, 이제 거짓을 말한 이유 차례다.

해류가 크게 돈다.

크게 돌고 더 크게 돈다.

실체를 갖추지 않은 것은 기(氣) 또한 마찬가지다. 영체가 표상(表象)으로 존재하는 것이 아니길 바랐다. 그것은 내가 어찌할 수 없는 영적인 영역이니까.

내 바람대로였다. 해류에 실린 기운이 영체에 직접적인 영향을 끼친다.

— 영체(靈體)가 만능은 아니구나. 그렇다면 보여 주지. 내가 얻은 힘을.

크게 돈 해류가 드래곤 주위를 감싸 돌기 시작했다. 드래곤은 해류의 통제권을 가져오기 위해 끊임없이 노력했다. 일시적으로 가능하기는 했으나, 어느 순간부터는 완전히 내 통제로 넘어왔다. 드래곤의 힘이 빠져나간 자리에 내 기운이 깃들었다.

드래곤 주위를 휘감은 해류는 더 이상 푸른색으로 보이지 않았다.

완전한 적색을 띠던 때, 닿는 바닷물을 증발시켜대며 휘감아 도는 화염이 그 자리에 끼어들었다.

— 실체를 가져오지 않는다면 결코 내 상대가 될 수 없다. 언제까지 버티나 보자!

내가 말했다.

휘감아 도는 화염의 폭이 좁아지면서, 드래곤의 영체도 그 크기에 맞게 점점 줄어들기 시작했다. 산맥 같았던 크기가 하나의 산으로 그리고 주먹만 한 크기로 줄어들기까지는 순식간이었다.

나는 그 찰나를 놓치지 않고 작은 폭으로 돌고 있는 기운을 일직선으로 퍼트렸다.

그 힘에 드래곤의 영체도 쏠렸다.

나도 영체가 쏠리는 그 방향으로 나아갔다. 날아가는 도중에 더 조그마해진 영체가 해류에 아무렇게 쓸리고 있던 심해어 하나 속으로 들어가졌다.

심해어의 눈깔이 내 쪽으로 홱 돌았다. 내가 그것의 지느러미를 낚아채려던 바로 그때, 심해어의 몸체가 부풀어 오르는 것이었다.

그럼 그렇지!

움켜쥔 지느러미도 커졌다.

손아귀를 밀어내면서 큼지막한 부피로 올라왔다.

그러나 내 손아귀를 떨쳐 내지 못하고, 내 손이 박힌 채로 그대로 더 커졌다. 지느러미였던 그것이 어떤 비늘로 변하고, 내게 돌려졌던 눈깔이 푸른 섬광으로 변했다.

그것은 나를 달고서 빠르게 상승했다.

깊은 심연에서 해수면을 뚫고 나오기까지 걸린 시간은, 녀석인 심해어에 본연의 실체를 가져왔던 시간만큼이나 짧았다.

녀석이 하늘로 치솟아 오른 그때에도.

나는 여전히 녀석의 등 비늘 어디에 달려 있었다.

비늘에 박힌 손을 떼자마자, 주먹을 움켜쥐서 강하게 때렸다.

쿵!

상승하던 녀석이 비틀거리며 다시 해수면으로 고꾸라졌다.

녀석이 떨어지는 속도보다도, 내가 녀석의 눈으로 향하는 시간이 더 빠르다. 레드 드래곤은 놓쳤지만, 이놈만큼은 놓치지 않는다.

— 그만두어라. 반신의 그릇이여. 내가 본연으로 돌아가 자아를 잃게 되면, 힘의 균형이 깨질 수밖에 없음이다.

비로소 녀석이 위기감을 느끼기 시작한 것 같다.

모처럼 만에 나를 즐겁게 만들어 주고 있다!

레드 드래곤 때처럼, 이 녀석이 비트는 공간이나 거기서 뻗치는 압력은 나를 방해하지 못했다. 더욱이 지금은 백운신검이나 옥제황월 같은 것의 간섭도 없었다. 진력을 담은 내 주먹이 두 번째 가격되며 사방으로 화염의 파동을 일으켰다.

다시 해수면을 뚫고, 바닷물 속으로 떨어지던 순간이었다.

이번에야말로 녀석의 눈에 내 주먹을 밀어 넣는 데 성공했다.

그렇다면 끝났다.

놈의 한쪽 눈 안에서 공력을 터트렸다.

푸르기만 했던 섬광을 깨트리며 붉은빛이 새어 나왔다.

파사사…….

흩어지는 녀석의 몸 따위는 관심조차 없다.

눈에 들어오는 것은 오로지 하나.

인과율의 조각뿐이다.

제7장

개미들

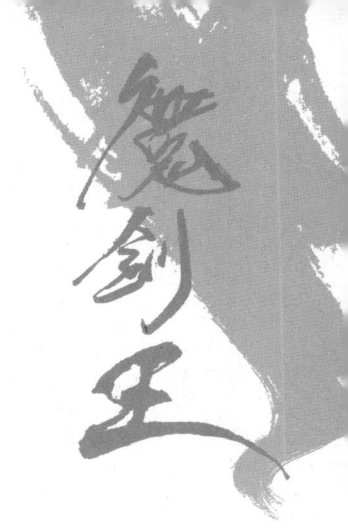

손아귀에 압력을 가했다.

안에서 갇힌 빛무리가 세공된 에메랄드를 연상케 하는 파란색의 구형 물질로 변했다.

내가 꼬마일 때, 성인들이 그리도 커 보였다. 당시에는 너무도 넓어 길을 잃고 만 공원은, 다 커서 다시 갔을 땐 그저 그런 평범한 공원에 불과했었다.

기억은 상대적이다. 마찬가지로 골드 드래곤은 지금 다시 생각해 봐도 범접할 수 없는 절대적인 존재로 여전하다.

그러나 그 모든 것을 감안한다 하더라도 블루 드래곤은……

어떤 제약이 걸려 있던 것일까? 아니면 내가 너무도 강해져 버린 것일까? 어떤 방해도 없이 다른 것과 싸워 보면 제대로 알 수 있겠지.

어쨌든 내게 완전한 조각 하나가 들어왔기에, 일단 이 자리에서 벗어날 생각이었다.

"$T\varepsilon\lambda\varepsilon\pi o\rho\tau$"

공간 이동 마법 결정을 내뱉었고, 나를 압박해 들어오는 공간의 비틀림이 느껴졌다.

그런데 나를 위아래로 잡아당기던 그 느낌이 사라지며 공허한 기분이 퍼뜩 들었다.

"……!"

내 손아귀에 크게 쥐어진 조각이 튕겨져 날아가려 했다. 굉장한 힘이다. 나는 조각을 가져가려는 힘을 끊어내면서 몸을 틀었다.

광활한 해수면 위. 저 높은 하늘의 구름 아래로 계집이 보였다.

백운신검!

몸이 먼저 반응했다. 하지만 멈췄다.

바로 솟구쳐 오르려다가, 구름 저 너머에 감춰진 큰 존재가 느껴졌다. 뿐만 아니라 백운신검의 목에는 속박체가 족쇄처럼 둘려져, 긴 선이 구름 너머까지 이어져 있기도 했다.

— 교주. 전부 끝나고 말았어요. 아직 교주를 죽일 생각이 없을 때, 그걸 내놓으세요.

백운신검의 목소리가 머릿속으로 끼어들었다.

분명 공간 이동 마법은 완성됐었다. 그러나 실질적으로 나를 공간 너머로 보내버릴 운동(運動)을 정지시킨 것은, 백운신검의 능력이 아니었다. 구름 너머로 감춰진 큰 존재의 것.

— 네년과 함께 있던 드래곤은…….

— 삼켜졌어요.

멀리서 백운신검이 체념한 듯 말했다.

— 그럼 지금 네년을 속박하고 있는 건!

— 맞아요. 셋이 합쳐진 하나죠. 곧 넷이 합쳐진 하나가 되겠지만.

그때, 백운신검의 하얀 목을 졸라매고 있던 선이 갑자기 당겨졌다.

— 끅!

속박체는 정말, 조련용 목줄이나 다를 바 없었다. 백운신검의 몸이 뒤로 크게 쏠린 시점에서 나는 뒤도 돌아볼 것 없이 바닷물 속으로 잠수했다.

셋이 합쳐진 하나라니. 겨뤄 보지 않아도 안다.

여기서 벗어나야 한다!

그 일념만으로 심연으로 파고들었을 때였다.

어딜 도망가느냐, 마치 그렇게 말하는 듯한 힘이 나타났다. 내 전신을 잡아당긴다. 나도 그 힘에 대항해서 공력을 최고조로 끌어 올렸다. 휘감아 대는 화염이나, 증발된 바닷물이 만들어 내는 기포가 온 세상을 가득 채웠다.

그럼에도 불구하고 나는 해수면을 향해 끌어올려지기 시작했다.

공간 이동 마법 결정도 토해 내는 순간 파훼됐다.

이 무지막지한 힘은 무엇이란 말인가!

역시나 맞았다.

셋이 합쳐진 하나의 힘은, 극성을 이루기 전에 상대했던 골드 드래곤만큼이나 절대적이다.

— 교주도 나도, 이 시공에 꼼짝없이 묶여 버리고 말았네요.

계집도 즐거워서 웃는 건 아니었다.

백운신검은 해수면 밖에서 나를 기다리고 있었다. 계집을 낚아채기 위해 손을 뻗자, 공간의 비틀림에서 섬뜩한 기운이 번졌다.

가까스로 손이 잘려나가지 않았다. 재생 마법이 있다한들, 신체의 일부가 잘려나가는 고통은 최대한 피하고 싶었다.

이제 나는, 내 생사가 구름 너머로 감춰진 그 존재에 달려 있음을 인정할 수밖에 없었다.

어처구니없게도 안도 또한 하고 있었다. 내 몸을 쥐어짜서 온갖 내장과 지방질들을 쭉쭉 뽑아내지 않는 것을 말이다.

실로 오래간만에 느끼는 무력감이었다.

빌어먹을 인과율.

실체를 갖춰 현존(現存)하는 것이나, 태고부터 우주를 움직이는 의지로 존재하는 것이나. 흑천마검이 그렇게나 싫어하는 이유가 달리 있는 게 아니다.

정작 이런 순간에 그 녀석은 또 없다. 이것들이 완전한 하나가 되면 그땐 정말 답이 없는 것이겠지.

합일만 하면!

합일만 하면!

그때 백운신검이 또렷하게 보였다.

그런데 백운신검은 내가 무슨 생각을 하는지 알고, 희미하게 웃어버리며 제 목에 감겨진 속박체를 가리켰다.

— 저와 합일하려면 이것보다도, 맹주부터 사라져야 하죠. 어쨌거나 저는 맹주에게도 속박되어 있는 입장이니.

아!

비로소 정신이 제대로 들었다. 흑천마검과 백운신검,

비열하고 간악한 이것들과 다시 합일할 생각을 하고 있었던 내 자신이 원망스러웠다.

— 솔직히 그놈에게 잡아먹히지 않은 교주를 봤을 때, 꽤 놀라웠죠. 이렇게나 먹음직하게 커 버렸는걸요. 얼마나 원통스러울까.

백운신검은 그 와중에도 내게 야릇한 눈빛을 보냈다.

우리의 거리는 멀지만, 우리는 서로 바로 앞에 있는 것과 같았다.

— 그건 줘버리든지 하세요. 전부 끝났어요. 교주의 손에 쥐어져 있다 해서, 교주의 것이 아니니까요. 교주가 오기 오래전부터 본래 이쪽의 것이었던 것 같네요. 멍청하게 전부 읽혔을 테죠.

— ……

— 다시 한 번 도망쳐 보실래요? 할 수 있으면 해 보세요. 저도 그러길 바란답니다. 어서요. 이번에는 저도 도울 수 있는 데까지는 도와……

. 그때 다시 바짝 옭아맨 속박체에 백운신검은 전기에 감전된 것처럼 부르르 떨었다. 하지만 나를 옥죄던 힘도 동시에 사라졌다.

지금이다.

비로소 생긴 기회를 놓칠 수 없었다. 이번에는 잠수하

지 않고 해수면 위를 빠르게 가로질렀다.

당장 쫓아오는 힘이 없다고 해서 마음을 놓을 수 없다. 언제라도 공간이 비틀리고, 그 안으로 나를 잡아당길 수 있을 것이다. 파리를 잡아먹는 카멜레온의 혀같이.

그렇다.

카멜레온의 세로로 쭉 찢어진 동공이 어느 순간부터 나를 지켜보고 있었다.

극한의 속도로 움직이는데도, 동공은 언제나 하늘 위 그 자리였다.

영락없이 성(星) 라이제나 태양같이 오롯이 떠서 지켜보는데, 빌어먹을 저 초월적인 존재는 우주에 있는 모양이다.

아아.

그렇다면 얼마나 큰 것인가!

*    *    *

1+1+1 따위가 아니다. 산술적인 개념은 개나 줘버려라.

셋으로 합쳐진 것만으로도, 그것은 상상할 수 있는 무엇이든 될 수 있었던 것 같다.

나는 현존(現存)하고 있는 것 자체가 말이 되지 않는 대우주적인 존재와 싸우고 있다는 사실에, 문득 실소가 나왔다.

"크큭. 크크크……."

차라리 온전한 하나였던, 모래시계를 상대하는 게 낫다고 생각했다. 그래. 그건 자아(自我)라도 없었으니까. 하지만 이것은 자아를 갖춰서, 하찮은 미물들에게 개입한다.

아니. 하찮은 미물 따위가 우주의 질서에 개입하고 있는 것인가?

"크큭……."

날아가던 걸 멈췄다.

행성의 반대편으로 가지 않은 이상 저 거대한 눈길에서 벗어날 길이 없거니와, 저 우주적인 존재는 내가 마법을 완성시키길 허용하지 않았다.

"크하하하!"

일대는 폭풍우가 몰아치는 한밤의 바다처럼 크게 출렁였다.

나는 도망치길 포기하고선, 나를 내려다보고 있는 찢어진 동공을 쳐다보았다. 내 의념이 닿을 수도 없는 먼 거리.

아가사 같은 이 세상 누구도 내 영역에 들어올 수 없듯, 나도 저것에게 마찬가지다. 내가 어찌할 수 있는 영역이 아니다.

또 내가 어찌할 수 있는 영역이어서도 안 되고.

"그러면 날 원래 세상으로 보내 주기나 하란 말이다!"

이 세상은 내게 지옥이다.

돌아가고 싶다.

중원으로.

혈관이 확장된 것인지 눈가가 몹시 뜨겁다. 떨어지는 시선 안으로, 손아귀에 쥐어진 조각이 들어왔다.

더는 쥐고 있기도 싫었다.

백운신검의 말이 맞다.

내가 할 수 있는 건 아무것도 남아 있지 않았다. 전부 끝났다.

조각을 저 위로 보내 버릴 마음으로 공력을 끌어 올렸다. 내게 무한한 희열을 만끽하게 만들었던, 극렬한 열기도 더는 예전 같지 않았다.

오히려 내가 얼마나 작은 존재인지 깨닫게 만들기만 한다.

조각을 던져 버리려던 바로 그때였다.

욱신.

문득, 가슴에 통증이 일었다. 흑천마검의 조그마한 파편을 담아 두었던 그쪽이다. 따끔한 통증이 번지지만 그냥 내버려 두었다.

날카로운 끝이 가슴을 찢으며 나왔을 때도 마찬가지였다. 나는 그냥 바라보기만 했다. 내 피가 묻은 길쭉한 검신(檢身)이 쭉 빠져나온다.

검 전체가 전부 빠져나왔는데, 나는 이것을 본 적이 있었다. 자주.

그러면서 검형(劍形)이 기괴한 웃음을 짓는 새하얀 얼굴로 변해 내 쪽으로 틀어졌다. 그 또한 낯익은 얼굴이다.

낯익은 그 얼굴 속의 눈빛이 번뜩였다. 강렬히 타오르는 탐욕이 내 온몸을 찌릿하게 찔러 들어와, 정신을 퍼뜩 깨웠다.

아!

**"먹이들이 잔뜩 모여 있구나!"**

흑천마검, 놈이 큭큭 대고 웃었다.

＊　　　＊　　　＊

뭐냐.

왜 이놈이 반가운 거냐. 왜 이 간악한 놈이 반가운 것이냐!

흑천마검의 동공이 빠르게 움직였다.

조각과 드래곤의 눈 그리고 내 얼굴을 진자(振子) 같은 움직임으로 빠르게 좇아보고는, 대뜸 내 앞으로 손을 내미는 것이었다.

긴 손톱을 까닥이는 흉측한 손에서 전과 같은 어떠한 이질감도 들지 않는다. 도리어 뿌옇고 흐릿하기만 했던 세상이 순간 밝아지는 기분이 들었다.

드디어 돌아갈 수 있다.

중원으로!

이 지옥 같은 세상에서 벗어나 다시는 쳐다도 보지 않는 거다!

돌아가자, 집으로!

— 환장하겠구나.

그런데 흑천마검의 얼굴에 서려 있던 웃음기가 싹 지워졌다.

뿐만 아니라 손을 내밀 때는 언제고, 내가 손을 잡으려 하자 바로 제 손을 치워버렸다. 오히려 갑자기 뒤로 빠졌던 놈의 손이 쑥 파고들어 조각을 노리려고 하기에, 이번에는 내가 그쪽 손을 치웠다.

— 저걸 달고 가겠다는 것이냐?

— ……!

— 네놈이 그걸 가지고 있는 이상, 저것이 끝까지 네놈을 좇아갈 거다. 그러니 이 몸에게 넘겨라. 네놈 따위의

하찮은 미물이 가지고 있을 만한 것이 아니지.

그러던 그때.

놈도 나도 하늘 위를 고개를 들쳤다. 하늘에 떠 있는 것처럼 보이지만 우주 공간에 거대하게 자리했던 그것이 더는 없었다.

아래다. 성(星) 마루스를 터트려버릴 의도가 없는지, 드래곤 처음의 모습으로 돌아갔다.

어느 순간 온 전체가 꺼멓게 변해 있는 바다 위로 기포 하나가 툭 터졌다. 아래로 몸이 쑥 꺼지려는 느낌이 강렬히 온다.

— 넘기지 않을 거면 싸워! 이 위대한 몸께 바락바락 대들던 것은 어디로 갔느냐!

그때 알았다.

흑천마검이 내 검이 아니라, 내가 흑천마검의 검(劍)이었구나.

벗어나고 싶다.

이것들 전부에게서.

나는 이를 악물며 흑천마검의 손을 붙잡았다.


\*　　　\*　　　\*

**"크하하하하!"**

우리는 우리를 잡아당기는 힘을 밀어내면서 미칠 듯이 웃었다.

우리를 중심으로 바닷물이 전부 밀려 나갔다. 그렇게 바닷속으로 진공(眞空) 상태의 거대 공간이 생성됐다.

역시 기대했던 대로다.

합일한 것만으로도 이러할진대, 백운신검을 삼켜 완전해지면 우리는 그야말로 본 차원을 관장하는 신이 되는 거다.

그다음에는 마계의 신이든 타 차원의 신이든, 어떻게 불리든 똑같은 그것에게 복수를 한다. 불완전해지기 전의 기억을 잃었다만, 아마도 우리가 불완전하게 된 이유는 바로 그놈 때문인 것 같으니까.

꿀꺽.

우리는 일단 인과율의 조각부터 삼켰다.

인간인 육신이 합일체의 반이나 차지하고 있기 때문에, 그것을 삼켰다고 해서 인과율에 저항할 수 있는 힘이 생기는 것은 아니다. 그러니까 일종의 보관인 셈이다.

— 그릇과 함께 된 반신이여. 반신과 함께하게 된 그릇이여. 그 둘 모두인 그대여.

붉고 검으며 녹색 빛이 한데 얽힌 영체(靈體)가 진공 공간 안으로 들어왔다.

그런데 우리를 향한 전의는 느껴지지 않았다. 그러나 블루 드래곤이 그랬듯이, 이것도 벌려진 아가리로 거짓말을 늘어놓을 테지.

쏴쏴싹!

우리는 일격에 영체를 갈라 버렸다.

하지만 영체가 사라진 자리에 처음과 똑같은 새로운 영체가 생성됐다.

— 네놈 또한 죽음에서 벗어났구나.

우리가 말했다.

인과(因果).

정확히 말하자면 우리에게 공격받은 '원인'을 지웠기 때문에, 죽어버리는 '결과'가 없었다. 그 증거로 우리가 일격에 사용했던 힘이 고스란히 돌아왔다.

우리는 합일하길 잘했다고 생각했다. 위대한 반신으로만 있었다면 힘이 그대로 빠져나간 채였겠지만, 인과율에 직접적으로 영향을 받은 인간의 육신을 지니고 있었기에 힘이 돌아온다.

귀찮은 일이나 답이 없는 게 아니다. 다섯 개 중 세 개만 뭉친 불완전한 조각이라서, 무한한 능력을 지닌 게 아니기 때문이다.

한정된 능력. 그래도 지긋지긋하긴 마찬가지다. 어디 끝까지 써 보라지. 어차피 우리에게 손해 볼일은 조금도 없으니까.

우리는 생성되는 영체를 계속 갈랐다. 영체는 사라지고 다시 생성되면서 꼭 한마디씩을 내뱉었다. 놈이 하는 말보다도 갈라질 때마다 보이는 놈의 감정이 우리를 즐겁게 만들었다.

놈은 점점 위기감을 느끼고 있었다.

— 크크크! 떨고 있구나. 왜 그러느냐. 내 공격을 무(無)로 돌리실 수 있는 양반께서.

가르고.

— 그대와 내가 충돌하면, 이 시공의 생명들은 큰 화를 입겠구나.

생성되고.

— 고작? 우리는 네놈과 함께 이 행성 전부를 파괴할 수 있다.

가르고, 다시 생성된다.

— 어긋난 인력(引力)으로 인근의 행성에 있는 생명들도 살아날 수 없을 것이다. 그러면 그대가 반신과 그릇으로 나누어진 이후에, 감당할 수 없을 것이다.

인근의 행성에 있는 생명.

놈이 무엇을 지칭하는지 우리는 단번에 깨달았다.

— 엘라…… 인간 계집 하나 따위.

— 그렇지 아니한가?

— 크크.

드래곤의 말이 맞다. 엘라가 비록 하찮은 인간이라고 해도, 그냥 터무니없이 죽게 놔두기에는 우리에게 지니는 의미가 크다.

— 그럼 네놈만 삼키면 되겠지.

— 그 행위는 곧 나와 충돌하겠다는 것이다.

그래도 우리는 정말 즐거웠다.

무엇이든 할 수 있었다. 단 하나, 창조(創造)만을 제외하고 말이다.

우리 앞에서 건방 떠는 것들은 전부 말살이다.

말살(抹殺)!

전부 뭉개 없애 버리지.

그런데 드래곤의 어처구니없는 행태가 우리를 더 즐겁게 만든다. 대우주적인 존재가 고작 인간 계집 하나에 의존하고 있다니.

— 정말이지 우리에게 삼켜질까 봐 벌벌 떠는구나. 정말이지 꼴좋다! 다른 시공에 네놈들 같이 건방진 인간 계집

이 하나 있지. 그년도 네놈이 벌벌 떠는 꼴을 봐야 하는데!

이것들을 삼켜 버린 우리를 보고, 얼마나 놀라지 기대된다.

우리는 웃음을 뚝 멈추며 말했다.

— 살고 싶으냐? 백운신검, 고 계집을 순순히 바쳐라. 그럼 너뿐만이 아니라, 두 행성의 생명들 또한 다치는 일이 없겠지.

— 그 또한 지금으로는 불가(不可)하다.

— 왜!

우리는 슬슬 짜증이 나기 시작했다. 이번에는 놈을 가르지 않은 채로 두고 말했다.

— 백운신검을 삼키면. 우리가 완전해지면. 이 시공은 우리의 간섭으로부터 벗어난다. 이 시공뿐만이 아니지. 모든 시공 전부가 다! 네놈이 우려하는 일은 없어. 그것도 모르냐.

— 아직 완전하지 않은 건 그대뿐만이 아니다.

— 그게 뭐!

— 그럼 나는 완전해진 그대로부터 안전할 수가 없다. 그대는 나를 공격할 것이고, 나는 피할 수 없다. 태고의 의지는 차원의 신들이 그 의지에 반(反)하는 것을 허락지 않는다.

놈이 말을 이었다.

— 그래서 제안한다. 둘 모두인 그대여. 그대가 이 제안에 수긍하면, 그대도 나도 완전해질 수 있음이다.

— 계속.

— 제안을 하기에 앞서 전제되어야 할 것이 있다. 쪼개진 우리의 다른 하나가, 하나가 되려는 움직임을 방해하지 말지어다.

아가사란 인간 계집에게 들었던 게 있다. 조각의 파편들은 서로 뭉치려는 속성이 있다고.

누구는 그것을 신이 지정한 운명으로 해석한다지만, 어쨌든 그러한 속성 때문에 이 시공에서 제2차 행성전쟁이라 불리는 대전이 발발하였다고 했다.

— 더 있을 텐데?

— 그렇다. 하나가 되면 그 하나를 내가 받아들일 것이다. 그러면 우리 중 남은 하나는 그대에게 남아 있게 된다. 내 제안은 그때부터 시작된다.

짜증이 관자놀이를 쿡쿡 찌르지만, 조금 더 참기로 했다.

— 백운신검 고년과, 인과율의 조각을 교환하자는 것이군?

— 맞다.

— 이것 봐라. 인간의 감정을 받아들였다더니 못된 것

만 배웠잖아. 크크크.

— 그대와 나. 모두가 완전해지는 제안이다. 응하겠는
가?

— 멍청하긴. 왜 우리가 완전해지길 바란다고 생각하느
냐. 우리는 반신이지만 인간. 인간이지만 반신이다. 우리
는 하나처럼 보이지만 둘이지.

— 제안은 변함없다. 그대는 다른 반신을 원하고 있음
이다. 반신은 완전해지기 위해, 그릇은 그릇만의 이유를
위해.

— 크하하!

우리는 박장대소를 터트렸다.

— 이럴 줄 알았다. 그러니까 결국 네놈은 우리가 분열
하길 원하는 거로군!

— 반신과 그릇. 더 우위에 선 존재가 다른 반신을 차지
한다.

— 설마 그게 그 말이라는 걸 모르는 게 아니지? 멍청
한 것.

우리는 일찍이 영체에서 실체를 끌어낸 적이 있었다. 이
번에도 그렇게 하려고 마음먹으려던 순간에, 놈이 말했다.

— 엘라.

놈이 내뱉은 말은 딱 그뿐이다.

그러나 놈은 그게 우리를 멈추게 하는 스위치라는 사실을 알고 있었다. 우리가 터트려버린 분노에 의해, 진공을 유지했던 거대 공간 안에 바닷물이 쏟아져 들어왔다.

바닷물에 닿은 영체가 쉴 새 없이 사라지고 나타나길 반복한다. 그럴 때마다 진공 공간도 되살아난다.

우리의 힘이 담긴 이 공간에서, 놈은 영체를 유지하는 데 꽤나 정성을 들였다.

종국에 놈이 포기했다. 우리는 놈이 공간 안으로 들어오길 허락하며 말했다.

— 한 번만 더. 별 같잖은 미물 따위로 우리의 심기를 건드린다면, 우리가 먼저 그것을 죽여 버리는 수가 있다. 그 계집의 평온한 죽음 다음에, 네놈의 끔찍하고도 영원한 죽음이 있는 것이지.

이를 갈면서 말이다.

아마도 지금을 끝으로 놈이 '엘라'를 언급하는 일은 없을 것이다.

— 그릇과 함께 된 반신이여. 반신과 함께 된 그릇이여. 그 둘 모두인 그대여.

놈이 마지막 말을 던졌다.

— 내 제안에 수긍하겠는가?

＊    ＊    ＊

금방이라도 세상을 엎어버릴 것 같던 바다가 고요해졌고, 나는 좀처럼 착잡한 마음이 가시지 않았다.

직전의 합일에서 느꼈던 그 힘은 실로 형용할 수 없어, 내게는 '무한(無限)'에 가까웠다.

합일체의 힘이 내 성취에 따라간다 한들, 그 힘은 흑천마검이 잃어버린 힘이지 내 것이 아니다. 그러니까 나는 일종의 촉매(觸媒)다.

새로운 영역을 엿볼 때마다, 나는 어쩔 수 없이 인간의 본연(本然)으로 돌아간다.

작고 작은 존재.

그저 저 높은 시선에서 나는 어떤 수사를 붙일 것 없이, 또한 '개미'에 불과하다.

검, 촉매, 개미……

과연 이것들에게서 벗어날 날이 오기나 할까.

질린다.

어지럽고 복잡하다. 그리고 두렵다.


합일을 해제하던 순간에, 간신히 인과율의 조각을 다시 빼낼 수 있었다. 인과율의 조각을 움켜쥐면서 이쪽으로 향하고 있는 따가운 시선의 주인공을 쳐다보았다.

흑천마검이 분에 겨운 듯 얼굴을 바르르 떨고 있었다.

"……."

녀석은 인과율의 조각을 빼앗겼던 때보다도, 칼리프가 인간인 주제에 인과율을 마음대로 좌지우지하고 있던 그때보다도, 더한 분노에 휩싸여 있다.

말하지 않아도 안다.

녀석의 살기 짙은 눈은 이미 많은 말을 쏟아 내고 있었다. 녀석이 한참을 바르르 떨다가, 갑자기 평상심을 되찾아 버렸다.

"어쩌다 위대한 이 몸께서 이런 신세가 되었을까. 모르겠군. 모르겠어."

녀석이 나를 확 쳐다봤다.

"네놈이 무슨 짓을 한지 아느냐?"

"그건 우리였다."

드래곤과 협상에 이른 것을 보면, 흑천마검은 내 위에 설 자신이 있는 것 같았다. 녀석이 얼마나 존엄한 존재이든, 현실은 힘을 잃고 인간에게 속박되어 있는 그저 그런 존재일 뿐이다.

나 역시 쪼개진 반신 따위는 두렵지 않았다.

"우리? 우리라고 하지 마라. 애송이. 나약한 네놈에게

이 몸을 엮지 마라."

흑천마검은 녀석답지 않게 한탄하면서 내게서 고개를 돌려 버렸다. 녀석은 나와 더 이상 합일할 수 없다는 것을 인정하고 있었다.

나도 이 간악한 녀석과 말싸움하고 싶은 기분이 아니었다.

멈추고 싶어도, '합일체와 드래곤이 싸웠다면?', 거기에서 이는 계산과 추측만이 계속 머릿속에서 맴돌았다.

두 행성의 많은 생명이 다칠 거라는 말은 결코 과장된 게 아니다. 오히려 축소됐다. 단번에 끝나버릴 싸움이 아니었기에 그랬다.

두 행성 전역과 인근의 우주 공간이 신적인 두 존재의 전장으로 변한다. 궤도에서 이탈한 운석들이 쏟아지거나 지핵(地核)부터 온 지각이 터져 버리는 상황이 불가피하다. 어제 해안 도시 하나가 멸망했듯, 두 존재의 싸움은 이 세상의 모든 걸 멸망시킬 수 있었다.

다행이다.

예상은 했지만, 합일체 안에서 내 의지는 바람직하게 반영됐다.

조금이라도 흑천마검 쪽으로 기울었다면, 엘라는 죽었다.

두 행성의 모든 생명도 마찬가지.

그리고 나도…….

합일체는 내 육신을 실체(失體)로 삼을 뿐이지, 본연은 흑천마검에 가까웠다.

거기서 드래곤을 삼켜버린 후에 백운신검까지 삼켜 버리면 결과는 뻔하다. 흑천마검만 완전한 신에다 인과율까지 거역할 수 있는, 보다 더 완벽해진 존재가 된다. 내 육신은 간식이 될 테고.

"내 영역이 아니야……."

나는 고개를 설레설레 저으면서 걸음을 옮겼다.

녀석은 내게 어딜 가냐고 묻지 않고 조용히 나를 따라오기 시작했다.

해와 성(星) 라이제뿐만 아니라, 어쩐지 드래곤의 눈도 계속 떠 있을 것 같아서 고개를 올려다봤지만.

역시 없다.

\*　　　\*　　　\*

누구는 흥분에 가득 차서 절을 한다. 또 누구는 두려움이 짙은 얼굴로 불안정하게 돌아만 다니다, 아무 사람이나 붙잡고 떠들어 댄다.

돼지 먹따는 소리도 이른 아침부터 시끄럽다.

광기(光氣)에 가까운 혼란이 마을 전체에 팽배해 있기 때문에, 이성적으로 다투는 노인과 청년의 목소리가 되레 또렷하게 들린다.

"다섯 신께 제물을 바쳐야 합니다! 노여움이 가득하셨습니다!"

"숭배하지 마시라 하셨네!"

"누가 그럽디까?"

"자네만 빼고 다 알고 있어. 오래전부터 내려온……."

"아니, 누가 그걸 모릅니까? 그걸 누가 지어낸 말인지 어떻게 안답니까! 신께서 노여운 눈길로 우리를 보시는데, 성심을 다하여 노여움을 풀어드리지 못할망정. 뭐요?"

"누가 지어낸 게 아닐세. 대대로 내려오는 다섯 신의 전언(傳言)인 게야. 바로 자네 같은 이들을 오래전부터 살피신 것이네."

"알겠군요! 바로 선생님 같은 분들 때문에, 다섯 신께서 노하신 겁니다!"

주점 안에도 사람 한 명 없었다. 그렇게 밤새도록 소란을 일으켜대던 주정뱅이들과 거친 여행자들 모두는 이미 밖에서 마을 사람과 한데 뒤섞여 있었다.

마찬가지로 하늘을 향해 넙죽 엎드려 있거나, 떠들어대거나.

"하늘에!"

문이 열리자마자 그 앞에 아가사가 서 있었다. 나를 몹시 기다렸던 것이겠지.

나는 방구석에서 이불을 뒤집어쓰고 있는 보나를 흘깃 쳐다본 후, 눈에 보이는 대로 대충 앉았다. 낡은 나무 의자 위였다.

흑천마검의 새하얀 얼굴이 의자 밑에서 빼꼼히 나왔다. 웃음기 하나 없는 냉정한 얼굴. 녀석이 내 손에 쥐어진 인과율의 조각을 쳐다본다. 가뜩이나 계속 신경 쓰였던 차였다. 더는 미룰 것 없이 인과율의 조각을 입안으로 구겨 넣었다.

식도를 넓혀 지나가게 하고, 위 한쪽에 벽을 만들어 거기에 인과율의 조각을 담았다.

그런 다음 녀석에게서 신경을 끄며 한 손으로 얼굴을 덮었다.

— 그래. 네놈이 보관하고 있거라. 어차피 이 몸의 것이니까. 명심해라. 그걸 버린다면, 네놈은 영원히 이 세상에서 벗어나지 못할 것이다.

— 꺼져…….

시야가 손가락 사이로만 뜨이던 그때, 흑천마검은 검형(劍形)으로 돌아가 있었다.

아가사는 호들갑 떨었던 것과는 달리, 눈치 있게 나를 가만히 내버려 두었다. 그러나 꽤 오랜 시간이 지나도록 내가 그대로만 있자, 아가사가 조용히 물었다.

"다치셨습니까?"

비로소 내가 어떤 상태인지 보였다.

거지같은 꼴이다.

그래도 마을 사람 누구도 내게 눈길 한번 주지 않았다. 이른 아침에 나타난 드래곤의 눈 때문에, 전부가 다 정신이 나갔다.

"……새 옷을 가져 오거라."

아가사가 나간 후. 보나의 흐느끼는 소리가 더 잘 들렸다.

저를 팔아버린 아비가 있는 곳이라고 해도, 집은 집.

돌아가고 싶겠지.

당장 중원으로 돌아갈 수 없기는 나도 마찬가지다. 내가 이 세상에 어떤 방법으로 왔는지 흑천마검도 알고 있기 때문에, 앞으로 놈은 더 조심할 게 분명했다.

과연 기습이 통할까? 놈을 제압할 수 있을까? 전비를 갖춘 다음 시도해 봐야 한다.

아가사가 가져온 옷으로 갈아입은 다음 어느 정도 시간이 지났다. 창밖으로 젊은이들이 노인들의 경고를 무시하며 제멋대로 제물을 바치고 있는 광경이 보였다. 순조롭게 진행되는가 싶더니, 나이 지긋한 검수 하나가 끼어들었다.

순식간에 이십여 명이 넘는 청년들을 다 때려눕혔다. 그러고는 엉성하게 만들어진 제물대도 제 성질대로 부숴 버렸다.

"주인님."

아가사가 창밖을 쳐다보다가 내게 고개를 돌렸다.

나를 바라보는 아가사의 눈빛이 전과는 확연하게 달라졌다.

내가 전대의 인물이니, 내 적이 반신과 드래곤이니 하는 것을 들었을 때와는 또 달랐다.

내가 드래곤의 눈을 보고 느낀 것을 그녀도 느꼈고, 거기에서 일었던 미지(未知)의 공포를 내게 투영(投影)하여 보고 있는 중인 것 같았다.

"이후 계획은 어떻게 되십니까?"

드래곤이 했던 제안 하나가 불현듯 뇌리를 스치고 지나갔다.


쪼개진 우리의 다른 하나가, 하나가 되려는 움직임
을 방해하지 말지어다.

이번에도 아가사는 내게서 어떤 대답을 들을 수 없었다. 아가사는 포기하고 보나 쪽으로 몸을 틀었다. 나도 그쪽을 쳐다봤다.

아가사가 보나가 덮고 있던 이불을 거칠게 빼냈다. 보나는 아가사를 멍하니 바라보다가, 이불을 다시 잡아당겼다. 그러다 도리어 아가사의 힘에 딸려 와 앞으로 넘어지는 것이었다.

보나와 눈이 마주쳤다. 이것도 드래곤의 눈을 본 것이 분명하게도, 잔뜩 겁에 질려 있었다. 차라리 잘됐다. 제게 닥친 불운을 어느 정도 잊어버릴 수 있을 테니까.

"뭐 좀 먹여야겠습니다."

아가사가 말했다.

"일일이 허락을 구할 필요 없다."

그때쯤 아가사가 흑천마검을 발견했다. 아가사의 시선이 흑천마검이 자리하고 있는 의자 밑에서 멈췄다.

"내 검이다."

나는 그렇게만 대답했다.

아가사는 더는 묻지 않고 보나를 끌고 나갔다.


어느 정도 시간이 지났을 때였다.

혼자 남겨진 나는 어느새 또 한 손으로 얼굴을 덮은 채,

고개를 숙이고 있었다.

"대답해!"

본래부터 시끄러운 밖이었기에 신경을 끄고 있었으나, 아가사의 원천진기가 움직이는 게 느껴져서 창밖을 쳐다보았다.

"너는 나타레 가문의 도련님이잖아! 그렇다고만 하면 내가 구해 주겠다는데!"

용병으로 보이는 사내가 보나를 향해 소리쳤다.

하지만 정작 보나는 아가사의 옷깃을 잡고선 아무 말 없었다.

그러자 사내의 검 끝이 아가사로 돌려졌다.

"그 도련님, 이쪽으로 보내. 여기가 나타레의 땅이란 걸 잊지 마."

사내의 검은 다시 움직여, 나무에 비스듬히 꽂혀 있는 깃발을 가리켰다.

깃발 안에 까마귀 문장이 있다.

"이 아이는 나타레 가문의 사람이 아니다. 신경 끄고 돌아가라."

"아니긴. 다섯 신 앞에 맹세코, 본 적이 있는데."

아가사의 기도가 예사롭지 않다는 것을 느낀 사내의 얼굴이 살짝 굳어졌다. 사내는 마을 사람들이 모여들고 있는 쪽으로 재빠르게 손을 까닥였다. 그곳에서 늙은 용병 하나가 사내의 다급한 손짓과는 달리 느긋하게 걸어 나왔다.

직전에 제단을 부쉈던 자였다.

"저 계집 나서는 꼴 봤지? 마테르 같아?"

사내가 늙은 용병에게 속삭여 물었고, 늙은 용병은 말없이 고개를 끄덕였다.

"짜증 나는 족속들. 부딪쳐 보기 전에는 어느 정도 센지 모른다니까."

사내가 투덜거리는 말과는 다른 눈빛으로 아가사를 노려보고, 아가사의 몸에서도 조용히 돌던 선천진기가 가속도 붙었다.

사내는 정말 신중하다.

고수들은 싸움 직전에 가장 살아 있는 눈빛을 띤다. 지금 여기서 사내가 아가사에게 죽는다면, 사내는 가장 빛나는 순간을 인생의 마지막으로 두는 셈이다.

하지만 그렇게 빛나는 사내도, 광오하게 서 있는 아가사도.

내게는 한없이 갚잖고 우습게만 보인다.

개미들이다.

그리고 지금 여기에, 그 개미들을 지켜보는 개미 한 마리가 더 있다.

제8장

열쇠

　주변의 소리를 모두 지우고 아무것도 하지 않았다. 잡념 또한 모조리 치워 버리고 싶었으나, 좀처럼 무념무상(無念無想)의 경지로 들어가 지지 않았다.

　아가사가 보나와 함께 방으로 들어온 건, 그로부터 그렇게 오래 지나지 않았을 때였다.

　보나는 들어오자마자 구석의 이불 속으로 파고들었고, 아가사는 싸늘한 표정으로 계단 아래를 노려보다가 조용히 방문을 닫았다.

　아가사는 두 용병을 죽이지 않았다.

　그 둘 또한 주점 일 층으로 들어왔다. 뿐만 아니라 여러 명의 사람들이 두 용병에게 합류해 있었다.

아가사는 묻지도 않은 상황을 설명했다.

그녀답지 않게 장황하다. 이 마을에 하루를 더 남아 있어야 하는 상황을, 내게 납득시켜야 하기 때문으로 보였다.

상황은 이랬다.

의외로 보나 스스로가 자신은 나타레 가문의 사람이 아니라고 주장하였다지만, 인질로 잡혀 있는 것 같은 꼬마의 말에 귀를 기울이는 사람이 없다 하였다.

차라리 아가사가 신분을 드러내거나 용병을 죽여 버리면 끝났을 일이었다. 하지만 아가사는 어느 것도 하지 않고 끝까지 참으면서, 그때 개입한 마을 원로의 조정(調停)에 응했다고 한다.

마을 입장에서야 어차피 다섯 신에 대한 의향을 묻기 위해 성으로 사람을 보낼 참이니, 그 연편에 실종된 자제가 없는지 또한 확인하는 건 그리 어려운 일이 아니었다.

마을로서도 그들을 다스리는 가문에게 공을 세울 수 있는 기회가 될 수도 있어서, 꽤나 적극적으로 나왔던 모양이다.

"마음대로 하거라."

내가 의외로 쉽게 허가해 버리자, 아가사는 황당함을

감추지 못하고 두 눈을 동그랗게 떴다.

그러나 내가 몸을 일으킨 시점에서 바짝 긴장하며 황급히 문 앞을 가로막듯이 섰다. 내가 대답은 그렇게 했어도, 이대로 내려가서 또 사람들을 마구 죽일 거라고 생각했던 것이다.

나는 화내고 싶은 마음도 들지 않았다. 그냥 침대로 걸어갔다.

아가사가 침대에 눕는 나를 가만히 쳐다보았다. 그렇게 한참을 문 앞에 서 있더니, 비로소 마음이 놓이는지 방 안 깊숙이 들어왔다.

"편히 쉬십시오."


마을도 작고 주점도 작아서 점원이 없다. 그래서 이따금씩 아가사 먹을 거를 챙기러 내려갔는데, 그때마다 약간의 소란이 일었다. 들려오는 소리들은 무척이나 뻔했다.

몇 개의 목소리가 도망칠 생각 마!, 라고 아가사에게 경고한다.

거기에서 내 흥미를 끄는 것이라고는 딱 하나였다. 행성 전쟁의 영웅이자 군주라는 작자가, 왜 저런 수모를 참고 있는 것일까.

인명을 소중히 여기기 때문에? 아니, 어쩌면 내가 직전에 느낀 바와 일맥상통(一脈相通)한 어떤 것을 일찍이 깨달았는지도 모른다. 그래서 그냥 하찮은 것이겠지. 이왕이면 살인도 하지 않고.

이튿날 점심 무렵.

비로소 이 마을도 나타레 가문과 해안 도시가 겪은 불행을 알게 되었다. 성으로 보냈던 사람이 돌아온 것이다.

과한 세금을 징수해 가는 지배 가문의 몰락 따위에는 감흥이 없을지 모르나, 해안 도시로 나가 있는 가족이 있는 사람들에게는 맑은 하늘에 날벼락이었다.

울어 대는 소리가 그치지 않는 가운데, 두 사내가 아가사를 찾아왔다. 아가사에게 덤볐던 젊은 용병과 그의 동료인 늙은 용병이다.

"잠깐 눈깔에 때가 꼈던 모양이야. 이거 미안하게 됐고만."

젊은 용병이 하기 싫은 얼굴로 사과하고, 늙은 용병은 그 뒤에 묵묵히 섰다. 늙은 용병은 젊은 용병의 선생 같은 분위기를 풍겼다.

아가사는 상대하기도 귀찮다는 듯이 손을 쓱 저었다. 여기서 꺼지라는 식으로.

그때 늙은 용병이 젊은 용병의 머리를 눌렀다. 그러고

는 본인도 고개를 숙였다.

아가사는 그녀가 보여 주었던 관대한 포용력과는 달리, 어떠한 대꾸도 하지 않았다.

아가사가 얼음 여왕 같은 태도로 일관하고만 있자. 젊은 용병은 잘 안 풀린다는 얼굴로 늙은 용병을 흘깃 쳐다봤다.

늙은 용병이 거기에 대고 계단 쪽을 살짝 턱짓해 보였다.

"식사를 대접하지. 기대해도 좋아. 야. 꼬마. 미안하다. 그리고 그쪽도."

젊은 용병이 내게도 말했다.

그런 다음 늙은 용병과 함께 계단 아래로 내려갔다.

아가사는 문을 조용히 닫았지만, 나는 순간 짜증으로 접혀진 아가사의 미간을 발견할 수 있었다. 아가사가 내게 고개를 숙였다가 들었다.

"이제 어디로 가십니까?"

아가사가 물었다.

나는 대답 없이, 보나가 숨어 들어가 있는 이불을 쳐다보았다.

"보나!"

아가사가 성큼성큼 걸어가서 그 이불을 치워버렸다. 보

나는 지난 밤새 얼마나 흐느끼며 울었던지, 두 눈이 퉁퉁 부어 있었다.

나는 조각의 파편들이 하나가 되려는 움직임이 있다는 사실을 떠올리며, 보나에게 물었다.

"가고 싶은 곳이 있느냐? 지금 생각나는 곳이 어디냐?"

한편 아가사는 그렇게 묻는 나를 어제같이 황당한 얼굴로 바라봤다가, 나와 시선이 마주치자마자 보나에게 고개를 틀었다.

"묻고 계시지 않느냐."

아가사의 따가운 질책.

보나는 한쪽 벽면을 저도 모르게 쳐다봤다. 거기에는 아가사의 회초리가 기대 세워져 있었다.

"알, 알모니아……."

"용케 엄마, 라고는 하지 않았구나. 잘했다. 계속 그렇게 하거라."

아가사가 보나에게 말한 다음에, 내게는 그곳이 카를 대제의 제국인 카노나스의 수도라고 덧붙였다. 하지만 아가사가 모르는 것이 있었으니, 보나의 누나가 황후의 시녀로 있다는 사실이다.

보나의 혈육이 거기에 있든 아니 그렇든.

어쨌든 카를 대제에게도 파편 하나가 있기 때문에 이게

하나가 되려는 움직임의 시작일 수도 있었다.

"그리로 가지."

잠깐뿐이었지만 보나의 얼굴이 밝아졌다.

"괜찮으시겠습니까?"

그렇게 중요한 결정을 꼬마의 바람대로 했다는 게, 이해할 수 없다는 투다.

"선택받은 것들은 하나로 모이려는 습성이 있다지? 그게 지금부터는 더 강해질 것이다."

순간 아가사의 낯빛이 신중했다.

"하면 저는 무엇을 하면 됩니까?"

"아무것도 할 필요 없다. 너도나도, 우리는 그저 지켜보면 된다."

파편이 하나의 조각으로 완성될 때까지 이 시공의 세상에 개입하지 않는다.

본시 아무것도 하지 않는 것만큼 어려운 일이 없다는 말도, 이미 그럴 마음이 사라진 지금에서는 무의미해져 있었다.

아래층으로 내려왔다.

술 냄새가 조금도 풍기지 않았다.

술이나 퍼마시고 있어야 할 자들이, 입에는 술 한 모금 대지 않고 수다를 떨고 있다. 모두가 다 신의 현존(現存)과 나타레 가문의 불행을 이야기하고 있는 중이었다. 전반적으로 금방이라도 세상이 멸망할 듯 우중충한 분위기였다.

휘익.

짧은 휘파람 소리보다도, 테이블에 한가득 차려 있는 요리들이 우리의 눈길을 끌었다. 두 용병이 아가사를 기다리고 있었다.

아가사가 내 얼굴을 살피며 의양을 묻는 눈빛을 보냈다.

"먹고 싶다면."

나는 매 끼니 챙기지 않아도 된다. 그래서 아가사, 아가사보다는 보나를 위해서였다. 아가사가 말없이 보나를 쳐다봤다. 테이블에서 눈을 떼지 못했던 보나가 아가사의 시선을 느끼고 고개를 떨어트렸다. 나는 아가사에게 고개를 끄덕여 주었다.

"팍스. 그리고 이 양반은 밀레즈."

젊은 용병이 그들의 이름을 밝히는 것으로 우리를 맞이했다.

"눈치 보지 말고 집어라."

아가사가 그런 사내를 무시하고 보나에게 말했다. 그동안 보나는 아가사가 가져온 음식을 제대로 먹지 못했다. 뛰어난 요리사가 육질 좋은 고기와 신선한 야채들로 실력

발휘를 한 요리들만 먹어 왔던 혀가, 하층민들의 음식을 받아들일 리가 없었다.

그런 면에서 꿀과 소스가 발라진 구운 생선 요리는 그럭저럭 괜찮았다.

기대해도 좋다는 말처럼, 용병은 이번 식사거리에 꽤 돈을 들였다.

"요 꼬마 보세. 가장 비싼 걸 어떻게 알아보고?"

젊은 용병, 팍스가 재미있어했다.

"화해도 했는데 이름이라도 들려주지?"

팍스가 재차 말했다.

아가사는 식사에 합류할 때부터, 보나에게 밥만 먹이고 이들과는 상종하지 않기로 마음먹었던 게 분명했다. 팍스는 아가사의 눈길을 조금도 받지 못했다. 그러자 팍스의 고개가 내게로 향했다.

"그쪽 이름이라도 듣자."

나는 저 한심한 얼굴을 멍하니 쳐다보았다.

내 얼굴에 뭐 묻었어?

팍스가 아마도 그런 의미로 늙은 용병 밀레즈를 쳐다보았다.

경박하게 굴면서도 우리의 면모를 유심히 살펴보는 팍스처럼, 밀레즈도 그랬다. 밀레즈는 대뜸 맥주잔을 내 쪽으로 밀었다.

"이 양반 말 못 해. 혹 모르지. 할 줄 아는데 안 하는 것
일지도. 그쪽도 그런 거야?"

팍스의 말이었다.

"그나저나 너희들이 데리고 다니는 꼬마. 손에 굳은살
하나 없어. 피부도 야들야들한 게 오해 사기 십상이라고.
지금은 나타레라고 해도 관심 없어. 몸값을 지불하기는커
녕 입 하나 떠넘기려 할지도 모르지. 그냥 은원(恩怨)을 남
겨두는 게 찝찝해서 사는 거니까 너희들도 좀 들어 봐. 저
조그마한 것이 다 먹어 치울 기세잖아. 야. 적당히 먹어.
그게 가장 비싼 거야. 어쨌든 화해는 했다, 생각해도 되겠
지?"

그때 밀레즈가 팍스에게 눈치 주는 게 있었다. 아마도
그것이 이 많은 요리들을 준비한, 가장 큰 이유일 것이다.

팍스가 아가사를 곁눈으로 쳐다보며 물었다.

"총단에서 나온 건 아니지?"

그러나 나도 아가사도 답이 없다. 팍스가 팔꿈치로 밀
레즈를 툭툭 건드렸다.

어색한 웃음과 함께.

"거봐 아니잖아. 총단 사람이 여기에 왜 있겠어. 이 양
반은 걱정이 습관이자 취미지."

주점 안에 있던 사람들은 진작 눈치챘어야 했었다. 그렇게나 울면서 시끄러웠던 주점 밖 마을이 갑자기 조용해진 이유를 말이다.

덜그덕.

주점 문이 열렸다.

흰 예복을 입은 두 남녀가 들어오고 나서야, 장내의 시선이 모두 그쪽으로 향했다. 보나가 먹는 걸 지켜보던 아가사도 그쪽을 보고 얼굴을 굳혔다.

"제 동생입니다."

아가사가 말한 상대는 나였지만, 정작 놀라서 자리를 박차고 일어난 사람은 팍스였다.

두 남녀가 곧장 우리 쪽으로 걸어왔다. 마치 뚜벅뚜벅거리는 발걸음 소리가 들릴 정도로, 주점 안은 숨 막히게 조용해졌다. 모든 사람의 시선이 두 남녀를 따라 움직인다.

두 남녀는 아가사의 앞에 다다라 공손히 몸을 숙였다.

당연히 여자 쪽이 아가사의 동생인 줄 알았는데, 남자 쪽인 모양이다. 여자는 아가사와 눈을 마주치지 않는 반면에, 남자와 아가사의 눈빛이 교류했다.

그러나 그가 보이는 태도나 눈빛은 무척이나 공손해서

일반적인 오누이의 관계라기보다는 하수인에 가까웠다.

아가사가 그 둘과 함께 밖으로 나갔다.

그러자 그들에게 향해 있던 모든 시선이 내게로 옮겨졌다.

엘라가 이룩한 세계 안에서는 고위급들이 하얀색 예복을 입는다. 그런 그들이 아가사에게 고개를 숙였고, 아가사는 나가면서 내게 '다녀오겠습니다.' 라고 보고하듯 한 것이다.

놀란 사람은 팍스나 주점 안의 사람들뿐만이 아니었다.

어린 보나도 그랬다.

그렇게 투덜거렸으면서도 공부한 것은 있어서, 그들이나 아가사가 마테르 총단의 소속인 것을 알게 된 눈치였다.

그때 팍스는 그가 할 수 있는 최대로 소리를 줄여서 늙은 용병을 불렀다.

"밀레즈."

그래도 늙은 용병 밀레즈는 깍지를 낀 주먹에 턱을 받친 채로 미동도 하지 않았다. 그저 작은 표정 변화만 있다. 종국에 심각하게 떠오른 주름살들이 이마에 자글자글해졌다.

팍스는 기가 팍 죽은 채로 다시 의자에 앉았다. 그러고는 나를 쳐다도 보지 못하고, 처분을 기다리는 죄인처럼 고개를 숙였다.

하지만 바닥의 벌레를 쫓듯 이리저리 굴리고 있는 녀석의 두 눈동자에서, 빠르게 돌아가고 있는 생각들이 보이고 들린다.

한편, 팍스만큼이나 머리를 굴리고 있는 보나의 모습이 시선 안으로 들어왔다.

에나, 아가사, 아리나, 미가, 그리시나, 프테라, 이티아.

작은 입술이 소리 없이 움직이고 있었다. 보나가 중얼거리고 있는 것들은 아마도 엘라가 둔 딸들의 이름인 것 같았다.

어린 보나도 그런데, 좌중 모두는 우리 테이블에 있던 여성이 총단의 고위급 인사인 것을 넘어서 대모(代母)의 딸이란 사실 또한 눈치챘다.

그들에게는 총단 고위급과 대모의 딸 그리고 대모의 딸이 존칭을 쓴 사내의 등장이 일생일대의 대사건인 듯, 온 얼굴에 희열과 호기심 그리고 놀라움이 가득하다.

특히.

나를 보는 시선들이 특별났다.

"하!⋯⋯ 마테르 총단에⋯⋯ 대모의 딸이었어. 그럼 저

중부인(中部人)은 누구지…… 대모의 딸께서 존대를 했어.
저 남자에게…….”

예술가들이 그렇게나 바라던 생동감 넘치는 표정들이
다.

하지만 각양각색의 그 얼굴들이 내 마음을 더 착잡하게
만드는구나.

나 따위가 무엇이라고…….

“부탁 하나 하지.”

내가 말했다.

작은 목소리임에도 불구하고, 한밤중에 내뱉은 말처럼
크게 퍼졌다.

팍스는 한 박자 늦게 자신에게 한 말이라고 알아차렸
다. 그의 긴장한 얼굴이 번쩍 들려졌다.

“내 동행인이 돌아오면, 나는 다시 방으로 올라갔다고
전해 줬으면 하는군.”

그 말이 구원의 손길처럼 느껴졌던 것인지, 순간 팍스
의 낯빛이 밝아졌다. 밀레즈 또한 테이블만 바라보고 있
던 고개를 들었다.

“예? 예! 알겠습니다.”

나는 몸을 일으켜 계단으로 걸어갔다.

보나도 눈치껏 바로 뒤따라왔다.

흑천마검은 내가 돌아올 거라고 예측한 듯, 아직 방에 있었다. 방에서 나설 때 녀석을 가지고 가지 않았다. 알아서 따라올 것이라고 확신하고 있었기 때문이었다.

의자 밑의 새하얀 얼굴.

그 얼굴에서 쳐다보는 두 눈이 매섭게 떠져 있지만, 꼭 나를 조롱하는 것처럼 느껴졌다. 하지만 생사결(生死決)을 하였으면 하였지, 말로 싸우고 싶은 생각이 없었다. 일부러 흑천마검과 시선을 마주치지 않고 침대에 걸터앉았다.

문가에 어정쩡히 선 보나가 입술을 열었다.

"저……."

정작 입술을 떼 놓고도 망설인다. 그런 보나에게 몇 가지 충고하려다가, 그냥 그만두었다. 주눅이 든 건 당연하다.

"정말 높으신 분이시죠?"

마침내, 한 번에 토해 내는 데 성공한 보나였다.

높으신 분이라.

한때는 그렇게 생각했던 적이 있었다.

아니다. 한때라고 할 것도 없이 바로 엊그제까지만 해도 그랬다. 지금은 이 작은 꼬마와 다를 바 없다는 생각만 든다.

그런데 네놈, 언제까지 쳐다볼 거냐. 아니 그러려 해도 흑천마검의 시선이 계속 신경 쓰였다.

＊　　　＊　　　＊

아가사는 혼자 돌아왔다.

총단 소유의 파편들이, 파편을 품고 있던 수도자에게
의해 탈취당하는 큰 사건이 일어났다고 했다.

나는 아가사의 보고를 들으며, 더 이상 참을 수 없는 기
분에 의자 밑 쪽으로 시선을 돌렸다.

녀석의 눈빛이 변함없다. 녀석은 지난밤뿐만 아니라 아
가사를 기다리는 한 시간 남짓, 계속 날 바라보고 있었다.

녀석이 무엇을 노리는지 안다.

그래서 지난밤에 메모라이즈를 할 수 없었다. 운기행공
도 마찬가지다.

무방비 상태가 되는 즉시 녀석이 나를 습격할 게 뻔했
다.

지난번 그날 그랬던 것처럼 말이다.

생각하면 생각할수록 안타까운 녀석이다. 신이면서도
쪼개져 불완전하다는 이유만으로, 나 따위와 경쟁을 하고
있다. 어제 이후로 나는 그동안 항상 나를 깔보고, 인과율
과 얽힌 것마다 화를 내던 흑천마검을 이해할 수 있었다.

그러기에 완전해지고 싶어 하는 흑천마검의 욕망을 더잘 이해할 수 있다.

녀석이 백운신검을 삼키려면 나부터 삼켜야 한다.

녀석에게 DNA가 있다면, 그 DNA에는 나를 삼키라는 명령만이 심어져 있을 것이다.

그리고 그게 사하라 사막에서의 싸움이 아직도 끝나지 않은 이유였다.

\* \* \*

우주에 붕 떠 있던 기분이 조금이나마 현실로 돌아온 것일까. 그래서 아가사의 말들을 한 귀로 흘리면서 했던 생각은 지금보다 더 강해질 수 있는 방법이었다.

추정컨대, 현재 나는 이 안타까운 존재와 힘이 비슷하다.

하면, 이 상태에서 어떻게 해야 더 나아갈 수 있을까?

그것만 생각했다.

나를 삼켜야만 하는 녀석의 욕망을 이해하기에, 나는 녀석보다 우위에 서야만 했다.

그런데 이 이상으로 더 강해질 수가 있을지 모르겠다.

십이양공을 대성(大成).

그래서 무(武)의 극(極)을 이루었다고 생각했고, 그건 의심할 여지없이 사실이다. 신체 또한 최적화시켰다. 오로지 영적(靈的)인 부분만 따라오지 못했다.

할라 중에서도 미간의 할라를 수련하면 끌어낼 수는 있다.

그러나 흑천마검을 상대해야 하는 실질적인 싸움에서는 그것이 큰 비중을 차지하지 않았다.

막연한 기대감으로 할라를 수련한다 쳐도, 선천진기가 지금의 후천진기를 따라오려면 평생을 다해도 자신이 없다.

폭발 안에서 십이양공을 대성하였듯이, 선천진기도 지금의 수준을 따라올 정도라면 어떤 계기를 통해 큰 벽을 뛰어넘어야 할 때가 있을 것이다. 적어도 그 벽과 마주하려면 살라딘들이나 엘라 수준까지는 이루어야 하는데, 그건 또 얼마나 걸릴까?

후천진기가 지금에 이르게 된 것은 전대교주라는 큰 요행(僥倖)이 기반에 있었기 때문이다.

요는 흑천마검이 완전해지기 위해서 나를 삼켜야 하는 것이 선행돼야 하듯, 나 또한 이것들로부터 벗어나기 위해 흑천마검을 제압할 수 있어야 한다는 것이다.

녀석은 영원히 포기하지 않을 거다.

그리고 그게 날, 이 지긋지긋한 세상들로부터 계속 묶어 둘 거다.

대체 어떻게 해야 더한 힘을 얻을 수 있을까?

나는 이미 인간으로 이룩할 수 있는 종점(終點)에 있는데.

할라, 마법…….

불현듯 엘라가 했던 말이 생각났다.

계속 궁금했다.

나는 마계의 문을 열 이유가 없었다. 그러나 엘라의 예지는 분명했다.

설마 더 나아갈 수 있는 방법이 마계에 있는 것일까? 그래서 우주적인 존재와 했던 협약을 깨면서까지 타 차원으로 가는 문을 여는 것인가?

"마족을 본 적이 있나?"

내가 물었다.

아가사가 없다고 대답했다.

나도 이 세상에 있던 동안에 말만 들었지, 실질적으로는 본 적이 없었다. 그만큼이나 보기 드문 것들이다. 내가 아는 자들 중에 마족과 대면했던 자가 있다.

옥제황월.

놈이 부렸던 사이한 힘이 타계에서 온 것일지도 모른다

는 생각이 들었다.

"알모니아로 먼저 가 있거라."

아가사에게 말했다.

그런데 나와 통한 게 있었던지, 아가사가 란테모스를 언급했다.

"오래 걸리십니까? 알모니아까지는 먼 길입니다. 그 사이에 란테모스가 부활해 쫓아온다면, 보나를 지킬 수 없게 될지도 모릅니다."

"그때까지는 이 아이의 생명은 네게 달린 셈이로군."

나는 보나를 보며 말했다. 아가사도 보나를 쳐다보더니 말했다.

"란테모스를 아는구나?"

보나의 눈이 동그래져 있었다.

란테모스는 북방의 어린 꼬마도 알 정도로 유명 인사였다. 우는 아이도 그 이름만으로 울음을 뚝 그치게 만든다는, 악인 중의 악인이다.

하지만 이 둘은 란테모스를 걱정할 것 없다. 란테모스가 부활하였다면, 내가 가려던 곳에 있을 테니까. 옥제황월과 함께 말이다.

\*       \*       \*

흑천마검 때문이다.

녀석을 곁에 둔 채로 무방비 상태가 된다는 것은 새로운 자살 행위와 같아서, 지금으로서는 한 번 소진한 마법이나 공력을 다시 채워 넣을 방법이 없었다.

그래서 나는 보급이 끊긴 병사들이 물자를 아끼는 마음으로, 공간 이동 마법을 쓰거나 날지 않고 걷는 중이었다.

사실 흑천마검이나 그에 준하는 대상을 상대로 마법을 완성시키기는 몹시 어렵다. 그래도 단전이 완전히 충만하지 않은 상태인 것이 아쉽듯, 하나밖에 남지 않은 공간 이동 마법 또한 그랬다. 반면에 녀석은 완전히 회복된 것 같다.

"저 세상에서는 뭘 하다 왔지?"

녀석은 지금까지처럼, 밤 골목의 연쇄살인마처럼 내 뒤를 조용히 따라고 오고 있었다.

처음으로 내가 먼저 말을 걸었다.

정확히는 저 세상에서는 몇 분 흐르지 않았을 그 짧은 시간 동안, 어떻게 완전히 회복될 수 있었냐고 묻는 것이었다.

물론 지금 와서 묻기에는 늦은 감이 있긴 했다.

역시나.

녀석은 대답하지 않았다.

녀석이 회복한 수단이 무엇이냐, 하는 문제는 그 어느 때보다도 중요해졌다. 녀석은 내가 회복할 수 있는 수단들을 꿰뚫고 있는 반면에, 나는 녀석의 방법에 대해서 조금도 몰랐다.

서로의 목숨을 노리고 있는 입장에서, 그것만큼 큰 정보가 또 무엇 있을까.

두 가지를 가정할 수 있다.

나는 저자에게 속박되어서, 저자가 이 세상에 있는
이상 나 역시 이 세상에서 벗어날 수 없어요!

하나는 백운신검이 했던 말에 따라, 내가 이 세상에 오면서 흑천마검 또한 파편에 딸려왔을 수도 있었다는 것이다.

그 경우에는 흑천마검은 내 몸속에서 회복 기간을 가진 셈이다. 그러나 이 또한 백운신검이 거짓말을 하지 않았다는 전제 조건이 붙는 것이기에, 신빙성이 없다. 만일 흑천마검이 파편 속에 딸려 왔다면 블루 드래곤이나 백운신검은 왜 눈치채지 못했을까? 흑천마검이 자취를 감추었기 때문에?

다른 하나는 저쪽 세상에서 녀석에게 주어진 몇 분가량 동안, 녀석이 제 몸을 회복시킬 수 있는 에너지를 흡수했다는 것이다.

녀석이라면 단 몇 분 만에 세계의 온갖 핵들을 집어삼킬 수 있을 테니 말이다. 그것은 발전소 안의 것일 수도 있고 미사일 안의 것이 될 수가 있다.

의문을 남기고 있는 전자보다는 후자 쪽을 중심으로 생각하는 것이 간편하긴 하다. 하지만 중요한 문제이기에 보다 신중해야겠지.

결국, 흑천마검이 이 싸움에서 우위에 있다는 것을 인정할 수밖에 없음이다. 녀석이 계속 나를 주시하고 있는 한, 나는 내 힘의 근원을 채워 넣을 수 없기 때문이다.

그런 면만 놓고 보자면 선천진기가 훨씬 활용도가 높다할 수 있겠다. 죽음에 이르기 전까지는 소진되는 것 없이 항상 같으니까.

"음⋯⋯."

나는 말 없는 흑천마검을 바라보다가 산길에서 벗어났다.

서두를 것 없었고, 그래서도 안 됐다. 녀석은 내가 이렇듯 이는 조바심대로 움직이길 바라고 있을 것이다. 하지만 나는 녀석의 바라는 대로 공력도 마법도 쓰지 않을 것이다.

한편 이런 생각도 들었다. 과연 이런 상태에서 옥제황월을 찾아가는 것이 올바른 선택일까. 놈에게 공력과 마법을 소진하는 상황이 온다면?

그렇다고 파편들이 하나의 조각으로 완성될 때까지 아무것도 하지 않고 기다릴 수는 없어서, 이 불안함은 흑천마검이 내 곁에 있는 한 감당해야만 하는 숙명 같은 것이었다.

바야흐로 흑천마검이 내 곁에 머무는 이상, 서둘러서 이쪽 세상을 떠나야만 하는 이유는 사라졌다.

오로지 하나.

그저 이 세상에서 벗어나고픈, 내 마음만 다스리면 된다고 생각했다.

"하지만 그것이야말로 가장 힘들겠지……."

햇볕과 함께 실려 오는 숲 내음이 짙은 곳.

나무 뒤쪽에 자리를 깔고 앉았다.

그들을 기다린 지 한 시간가량이 지났다. 드디어 팍스와 밀레즈가 시야 안으로 들어왔다.

둘은 주점에서부터 나를 쫓아오고 있었다. 발자취는 남지 않았으니, 꺾인 나뭇가지나 쏠린 잡풀들의 방향을 보고 따라오고 있는 것 같았다.

늙은 용병, 밀레즈가 앞장서고 있는 게 보인다. 그는 추적술에도 일가견이 있는 자였다.

"왜 따라오지?"

내가 말했다.

팍스가 화들짝 놀라서 이쪽을 바라보았고, 밀레즈는 조용히 고개만 숙였다.

"죄송합니다."

들켰을 경우에 미리 생각해 둔 말이 있었던 것일까, 놀란 얼굴과는 달리 말은 자연스럽게 했다.

"여긴…… 누가 죽어도, 아무도 모를 그런 곳이군."

나는 그렇게 말하며 산길로 들어왔다. 그저 위협이었다. 죽일 마음이 있었다면 이들은 저 먼 길에서 고통조차 인지하지 못하고 급살(急煞) 당했다.

"그런 무모함으로 지금까지 살아 있는 게, 재주라면 재주겠구나."

그저 한심하고 하찮은 일에 불과하다. 내가 이들을 죽일 이유가 없듯, 이들 또한 따라올 이유가 없었다. 그저 호기심이 동한 것일 테지.

아가사의 나이 여든.

행성 전쟁의 영웅이자 성(星) 라이제에서 한 지역을 통치하는 군주인 대모의 딸이 존대하는 젊은 사내. 그게 이들이 바라보는 나였다.

거기다 검은 머리에 검은 눈동자를 지닌 중부인으로 국
한시켜보면, 아무리 머리를 굴려보아도 떠오르는 사람이
없었을 것이다.

대륙 중부(中部), 마법왕국 스타리움. 거기에서 한자리
씩 꿰차고 있는 마법사들이라고 해 봐야 다 늙은이들이라
고 들었다.

"높으신 분을 다시 뵐 수 있을까. 그저 막연한 걸음이
었던 것이지 나쁜 마음은 결코, 결코 없었습니다. 믿어 주
십시오."

팍스가 절박하게 해명했다.

젊은 용병은 그렇다 쳐도, 밀레즈까지 동참한 것은 약
간 의외라고 할 수 있었다.

밀레즈는 젊은 치기에 동참하기에는 이 세상 사람들 기
준으로 꽤 강한 자였고, 이는 그의 연륜을 반증하고 있는
셈이었다.

"나를 따라오고 싶으냐?"

그렇게 묻자마자.

"예!"

팍스는 온 세상의 보물을 앞에 둔 자처럼 두 눈을 번뜩
였다.

"내가 누구며, 어디로 가는 줄 알고."

"어디든 상관없습니다. 높으신 분께서 시종 한 명 없으신데, 미천한 제가 예법은 부족하여도 눈치는 썩 괜찮습니다. 정성스러운 마음을 다하여 모시겠습니다."

팍스가 때는 이때다, 라는 식으로 열정적으로 말했다. 그러고는 흥분에 찬 눈으로 밀레즈를 살폈다.

"그대는?"

나도 밀레즈를 쳐다보며 물었다. 밀레즈는 다시 묵직하게 고개를 숙였다.

팍스는 그런 밀레즈가 이해되지 않는다는 듯이 불만스럽게 쳐다보다가, 나와 눈이 마주쳐서 황급히 표정을 지웠다.

이 젊은 용병은 한참 부족하지만 밀레즈는 다르다. 그는 내가 번거로워질 일들을 대신할 수 있을, 충분한 능력자였다.

팍스가 밀레즈를 보는 시선으로 생각하건대, 팍스는 밀레즈의 실력을 조금도 알지 못한다.

"나를 따라온다면 너희들의 목숨을 보장할 수 없다. 그래도 따라오겠다면 마음대로 하거라. 다만, 도중에 꽁무니를 빼는 것만큼은 허락지 않겠다."

팍스는 겁을 먹기는커녕, 도리어 더 기뻐했다.

"감사합니다! 실망시켜 드리지 않겠습니다!"

심각함은 오로지 밀레즈 담당이었다.

나는 이 늙은 용병으로 인해서 공력을 조금이라도 아낄 수 있다면, 그것만으로도 동행시켜 줄 만한 가치가 있다고 판단했다.

한 푼의 힘이라도 허투루 쓸 수 없으니까.

*　　*　　*

팍스가 날 따라오는 이유는 뻔하다.

하지만 밀레즈 같은 자가 위험을 감수하면서까지 나를 따라오는 이유는, 생각해 보면 중원에서도 그리 특별한 것이 아니었다. 종사(宗師)의 곁에서 높은 경지를 엿볼 수만 있다면 간이든 쓸개든 다 내줄 수 있는 무인들은 얼마든지 많았다.

밀레즈의 실력은 딱 그 정도 위치였다.

그는 고수지만 벽을 넘지 못해서 오랫동안 정체되고 말았다.

그리고 그와 같은 자 대부분이 벽 너머에 무엇이 있는지 조금도 보지 못하고 죽는다. 그 나머지 대부분은 어렴풋이 느끼기만 하다가 죽는다.

그리고 남겨진, 천운이 따른 몇 안 되는 자만이 무림사에 족적을 남긴다.

팍스와 밀레즈는 내 앞에서 걸어가고 있었다. 팍스는 흥분에 어쩔 줄 모르지만, 밀레즈는 아무런 반응이 없었다.

"이럴 땐 기뻐하라고 이 양반아. 아마도 우리는 어마어마한 행운을 거머쥐었어."

팍스가 밀레즈에게 속삭였다.

밀레즈는 알고 있다.

나 같은 사람이 위험을 말했을 때는, 그들이 정말 위험에 처했다는 사실을……

"그런데 어디로 모시면 되겠습니까?"

팍스가 고개를 돌리며 물었다.

"폐야."

나는 대답해 줬다.

그 즉시, 밀레즈가 딱 멈춰 섰다. 팍스는 영문 모르겠다는 얼굴로 밀레즈를 쳐다봤다.

그 얼굴이 왜?, 라고 묻는다. 이윽고 팍스도 뭔가 떠오른 것이 분명하게도, 불안한 시선으로 나와 밀레즈를 번갈아 쳐다보았다.

거기에 대고 밀레즈가 고개를 끄덕였다.

그들의 반응에서 엘라가 대략적인 위치와 지명만 말했던 그곳이, 위험한 지역이라는 사실을 알 수 있었다. 서부에 있다는 것만 알고 있어서 일단 피해가 닿지 않은 다른 항구 도시에서 배를 탈 생각을 하고 있었다.

"통곡하는 모래를 지나야지?"

팍스가 밀레즈에게 확인했다. 밀레즈는 또 고개를 끄덕였다.

내 시선이 머물고 있기에, 팍스는 그저 어색하게 웃었다. 웃고는 있지만 눈동자 안에서 이는 파문이 선명히 보였다. 나를 따라오겠다는 것이 바로 전인데, 이제는 몹시 후회한다.

팍스는 다시 걸음을 옮기는 밀레즈의 뒷모습을 멍하니 바라보고 있다가, 내 뒤로 뒤처졌다. 그가 황급히 따라붙었다.

"보르 사냥꾼들은 거기에서 만납니까?"

팍스가 그렇게 물었을 때, 밀레즈가 몸을 휙 돌려 팍스에게 성큼성큼 향했다. 그러고는 주점에서처럼 그의 머리를 짓누르며, 그 또한 죄송하다는 식으로 고개를 숙였다.

보르는 아마도 몬스터겠지?

"너희들 외에 동행인은 없다."

말도 안 돼.

"……."

팍스는 내게 보이지 않으려고 몸을 돌렸지만, 그 등에서부터 다 느껴진다. 그는 내게 데려가 달라고 매달릴 때 보였던 활기를, 이번에는 절망하는 데 쓰고 있었다.

그런데 절망하는 그의 뒷모습이 어쩐지 낯설지가 않았다.

그와 나는 다른 게 없다.

＊　　　＊　　　＊

가뜩이나 정박해 있는 선박과는 달리 그렇게 큰 규모가 아니라서, 더 정신없다.

사람들이 하는 이야기를 가만히 들어보면, 다섯 신의 징벌이 내린 탐욕스러운 나타레의 영지에서 벗어나야 한다는 것이다.

그리고 그것은 항구를 다스리는 영주가 나타레 가문의 기수(騎手) 가문이라는 사실까지 이어졌다. 뿐만 아니라 나타레 가문의 라이벌 가문이 대규모의 군사를 일으킬 것이라는 소문 또한 파다했다.

선착장 나무다리.

팍스가 그곳의 많은 사람들을 뚫고 나왔다.

그는 뒤편에서 욕을 하는 어떤 사내에게 똑같이 욕을 한 다음, 짜증스러운 얼굴로 걸어왔다. 그러고는 밀레즈에게 고개를 저어 보였다.

"뱃값을 다섯 배나 올렸어. 사기꾼 새끼들."

하지만 나를 쳐다보는 그의 낯빛에는 은연한 기대감이 물들었다.

'대모의 딸께서 존대하는 더 높으신 나으리' 께서 뱃값을 내주길 기대하는 게 분명하지만, 나는 돈을 가지고 다닐 이유가 조금도 없었다.

잠을 자지 않아도 된다. 영양결핍이 없는 신체일뿐더러, 그날 필요한 에너지는 단전 안에서 끌어낼 수도 있다. (그래서 이제는 식사를 해야겠지만.)

승선만 하여도 내가 몰래 올라타는 것을 알아차릴 수 있는 사람이 있다면, 그자의 경지는 나 따위와 비슷한 경지에 이르렀다고 보아도 된다.

정확히 얼마?

아마도 밀레즈의 고갯짓은 그런 뜻이었던가 보다. 그 간단한 고갯짓만으로도 밀레즈는 팍스와 의사소통이 가능했다.

팍스가 뱃값을 말하자, 밀레즈는 고개를 저으며 검지손가락을 펼쳐 보였다. 팍스는 순간 질색한 뒤 밀레즈를 끌고 갔다.

"아까 말한 값에 삼십을 곱해 봐. 그게 2인실 일 등급 가격. 그리고 지금 저 자식들 사기 치는 거 보니까, 자리가 없다면서 웃돈을 요구할 게 뻔해. 그럼 적어도 거기다 둘을 더 곱해야겠지. 육십 배지? 지금 뱃값이 평소보다 다섯 배 높으니까, 더 곱해 봐. 그래. 삼백 배다. 이 미친 양반아. 삼백 배! 차라리 작은 배 하나를 사고 말겠다."

팍스의 성화에도 불구하고 밀레즈는 일말의 망설임도 없었다.

가죽 주머니 안을 뒤적거리다가 은화 하나만 빼고, 통째로 팍스에게 넘겼다. 그러고는 나를 가리키는 의도로 살짝 고개를 틀어 보였다.

"저분의 뱃값까지? 완전히 미쳤잖아? 아아. 무슨 일인지 알겠어. 대(大) 정신 마법에 홀린 게 아니고서야 있을 수 없는 일이지. 아니면 벌써 노망났나."

그러나 밀레즈는 팍스의 말을 무시하고 그의 어깨를 툭 툭 친 다음에 몸을 돌렸다. 혼자 멍하니 남겨진 팍스는 그저 혀만 내둘렀다.

그러고는 황급히 밀레즈의 등에 대고 말했다.

"그런다고 저 높으신 분의 환심을 살 수 있다고 생각하면 오산이야. 나처럼 눈치껏 비위를 맞춰. 그게 윗분들의 환심을 사는 법이야. 싸우기만 잘 싸우지 이런 쪽으로는 젬병이야."

그것만으로는 성이 차지 않는지 한 번 더 뇌까렸다.

"그래라. 당신 돈이니 당신 마음이지. 그 많은 돈을 바다에 다 꼴아박을 수 있다니. 그럴 돈이라도 있어서 좋겠다. 씨부랄."

선실은 밀레즈가 치른 값에 비하면 생각만큼 호화스럽지는 않았다.

그래도 널찍하며 창이 트여 있고, 일 등급 객실로 올라오는 계단을 검을 든 선원들이 통제하고 있어 아래층과는 공기부터가 다르다.

이윽고 노아의 방주인지 타이타닉인지 모를 대형 항해선이 파도를 가르기 시작했다.


일 등급 선실인 이상, 다른 사람과 마주칠 일이 없었다. 때가 되면 선원이 음식을 가져왔으며 목욕물도 채워 놓았다.

단 한마디도 나눌 일이 없는 우리의 방은 줄곧 적막하다.

그것은 밀레즈가 벙어리라서가 아니다. 늙은 용병은 벙어리인 척을 할 뿐인지 장애가 없다. 하지만 그걸 구태여 꼬집어내면서 적막을 깨트리고 싶지 않았다. 나는 이 적막이 좋았다.

일상은 계속 반복됐다. 시간이 아까울 정도로 하루하루가 흘렀다. 그러나 계속 느껴지는 흑천마검의 시선에 무료함을 느낄 새가 없었다.

셋째 날 점심 무렵이었다.

진한 돈 냄새를 맡은 해적선이 나타나면서 잠깐 소동이 일어나는가 싶었다가도, 항해선을 호송하고 있던 외선(外船)들에 쫓겨났다.

팍스는 항해선 값이 다섯 배나 올랐다고 투덜댔지만, 선주와 선장도 바보는 아니라서 호위선까지 준비해 두었다.

그렇게 별 의미 없이 흘러갈 날에, 밀레즈가 처음으로 입을 열었다.

그가 벙어리가 아니라는 사실을 감추지 않기로 한 것 같다. 아닌 척하면서도 나를 의식하고 있던 그였다.

쇠를 긁는 듯한 쉰 소리가 들렸다.

"수련을 해도 괜찮겠습니까?"

그냥 검만 휘두를 기색은 아니었다. 후천진기를 담을 생각인 것이지.

"비켜 줘야겠군."

"괜찮습니다."

그가 벙어리가 아니라는 사실을 밝혔지만, 나도 놀라지 않고 그런 내 반응에 그도 놀라지 않았다.

"그렇다면 이왕 말을 나눈 김에 하나 묻지. 내게서 오라가 느껴지나?"

십이양공을 대성하며 완벽히 갈무리된 기운이, 설마 나도 알아차리지 못하는 사이에 바깥으로 흘러나간 적이 있다면 큰 문제다.

하지만 밀레즈는 아니라고 했다.

그가 고수인 것은 맞으나 그뿐이다. 무수히 많은 무인들 중의 한 명. 곁에서 보는 것만으로, 내 경지를 눈치챌 사람은 온 세상을 통틀어 아무도 없다.

"그럼 무엇 때문에 나를 경외하는 것이지?"

밀레즈가 나를 보는 눈빛은 줄곧 그리 불쾌했다.

"결국 그대도 팍스와 다를 바 없군. 그러지 않았으면 좋겠군. 대모의 딸이 존대했다는 이유로 그대의 경외를 받기에는……."

더 말하려다가 그만두었다.

"다신 그런 눈빛으로 쳐다보지 말도록. 그대라면 지금 내가 부탁하는 게 아니라는 걸 알 수 있겠지."

내게서 어떠한 동질감을 느낀 것인지, 잠깐 그의 얼굴

위를 스쳐 가는 회한(悔恨) 안으로 나를 이해한다는 식의 감정이 엿보였다.

하!

도리어 이쪽에서 저쪽이 안타깝다.

한 계단을 오르면 그 위의 계단이 또 나타난다. 그 계단 위에도 마찬가지다.

그 위에도 그 위에도 또 그 위에도.

그리고 종국에는 계단의 끝이 어디인지 알 수 없게 되며, 까마득히 먼 저 위를 바라보게 될 때면 지극한 절망감만 느끼게 될 것이다.

밀레즈는 몇 년 뒤 노인인 된다. 무도(武道)에 집착하여 떠돌아다니기보다는, 지금이라도 가정을 꾸려 정착하라 말해 주고 싶었다.

하지만 그럴 충고는 말로는 형용될 수 없는 것이 아니었다. 나는 그의 수련에 방해가 가지 않도록 침대로 자리를 비켰다.

실내.

밀레즈는 한정적인 공간에서 적당히 정적(靜的)으로 움직였다.

서슬 퍼런 검날이 휙휙 허공을 스쳤다. 그때마다 예리하게 옮겨지는 검로가 사뭇 날카롭다. 하지만 못내 아쉬

운 게 있으니, 오랫동안 단련된 검술에 후천진기가 따라
오질 못한다.

그가 전력을 뿜어내지 않고 있어도 내게는 그게 보였
다.

공력이 밑바탕이 된다면 벽은 뛰어넘지 못하더라도, 동
일 수준의 무인들 안에서는 몇 사람을 충분히 젖히고도
남을 여력이 남아 있다.

그와 눈이 마주쳤을 때.

나는 그가 가지고 있는 강렬한 집념과 아쉬움을 볼 수
있었다.

그도 무엇이 문제인지 분명히 알고 있었다.


**오러가 더 늘어난다면.**
**공력이 더 늘어난다면.**


우리의 생각이 시선에 섞여 중간에서 부딪쳤다. 밀레
즈는 그렇게 되기만 한다면 언제라도 영혼을 바칠 준비가
되어 있는 무인이었다.

이렇게나 강렬한 집념이라니.

내가 흑천마검을 이겨내야 하듯이, 그에게도 이겨내야
할 대상이 있는 것일까?

우리의 시선은 다시 부딪쳤다.

**흑천마검을 이길 수만 있다면.**
**그것을 이길 수만 있다면.**

그가 눈빛을 강렬히 번뜩일 때, 나도 흑천마검이 그 어
느 때보다 생생하고 분명하게 떠올랐다.

그때였다.

대성한 후로 줄곧 무시하였던 그것.

실로 오랜만에 퍼렇고 붉은 자극들이 뇌리에서 번뜩였
다.

교전(交戰)이 아닌 상태에서 명왕단천공이 움직인 게 이
번이 처음이라고 해도, 명왕단천공의 속성상 그럴 수는
있었다.

그런데 명왕단천공이 떠올리는 이미지는 직전들처럼 무
공이 아니었다.

중원 쪽만 아니라, 저쪽 세상의 의학용 해부도까지 동
원하며 움직여야 할 기운의 흐름을 아주 상세하게 보여
준다.

명왕단천공이 보여 주는 그 흐름대로 시전하면, 내 공
력은 타인으로 전이(轉移)된다.

전대교주가 내게 행하였던 전이 대법이로구나…….

뜨거워졌던 마음이 팍 식는 기분이 들었다.

공력 한 푼을 허투루 쓸 수 없어서 이렇듯 배를 타고 이동 중인데, 바로 어제 만난 늙은 용병에게 내 공력을 넘겨주라니.

나는 가까스로 흐트러지는 이미지를 붙잡았다. 그리고 지금의 상태를 유지하고자 했다.

초대교주는 흑천마검과 백운신검의 첫 그릇이다.

그는 이것들을 어떻게 통제하였을까?

천서고에서 한 번 보고 잊혀진 전이 대법을 이렇듯 떠올리듯이, 초대교주가 남긴 그 많은 무공 중에 흑천마검을 상대할 수 있는 무공이 있을지도 모른다. 막연히 기대를 걸었다.

집중하고 또 집중했다.

늙은 용병의 집념에서, 무의식 속에 담겨 있던 전이 대법을 떠올랐던 것처럼 내가 모른 어떤 무공이 감춰져 있길 바랐다.

희미한 광경이 점점 또렷해졌다.

한 번에 쏟아져 들어오는 이미지들이 하나로 합쳐지더니, 종국에 한 이미지를 만들어 냈다.

그날의 광경이다.

처음 천서고에 들어가서 본 광경.

벽장 안에 비급이 가득 담겨 있다.

어떤 것인가?

과연 있느냐!

지진이 일어난 것인지, 집중이 흐트러지는 것인지.

벽장 안의 온갖 비급들이 흔들거리기 시작했다. 그러고는 벽장의 비급이 와르르 쏟아져 나온다. 그런데 하나하나 땅에 닿자마자 사라진다. 먼지도 재도 남기지 않는다.

그렇게 천서고 안 벽장이나 바닥은 아무것도 남김없이 텅텅 비었다.

역시 없다.

어떤 무공으로도 흑천마검을 상대할 수 없다.

그런데 나도 모르는 사이에 이 낯선 용병에게 지극한 동질감을 느끼고 만 것일까?

밀레즈를 위한 이미지들이 천서고를 드러낸 광경을 깨트리며 또 끼어든다. 해부도와 혈도지가 전보다 더 또렷하다. 아무것도 모르는 어린아이를 가르치듯이, 기운의 흐름이 한없이 느릿하고 선명하다.

　

"흑천마검이 요물이긴 요물인 모양입니다. 제멋대로 명왕단천공의 구결을 새겨놓다니요."

색목도왕의 목소리가 들렸다.

흑천마검이? 그럴 리가.

명왕단천공 비급은 천서고에 없었다. 그 구결은 흑천마검에게 얻었다고 생각했던, 지금은 잊혀지고만 어린 시절에 있었다.

문득 가슴이 따끔거리기 시작한 것은, 아마도 그때에 그곳에 새겨졌던 문신을 기억해 냈기 때문일 것이다.

내 심장에 꽂혔던 흑천마검!

그날의 그 악몽이 내 가슴에 명왕단천공의 구결을 새겨넣은 것이 아니다.

십이양공의 열기(熱氣)!

전이 대법과 함께 넘겨진 열기가 때가 되자, 흑천마검의 위험을 상기시키며 명왕단천공을 드러낸 것이었다.

그렇다. 느릿한 기운의 흐름 안을 집중해서 보니 과연 그렇다.

공력만이 아니다.

명왕단천공도 깃들어 있다.

전대교주가 가르쳐 주었던 자세들로 하여금 입구에 이르면, 그곳에 잠겨진 자물쇠를 십이양공의 열기를 열쇠 삼아 열리는 방식이다.

전대교주는 전이 대법 안에 십이양공과 명왕단천공 모두를 감춰 두었던 것이다.

비로소 알았다.

명왕단천공만이 흑천마검을 통제할 수 있는 유일한 수단인 것이었다.


**명왕단천공(明王斷天功).**
**명왕이 하늘을 가른다.**


〈다음 권에 계속〉